D1427969

LES ROYAUMES OUBLIÉS

LA FONTAINE
DE LUMIÈRE

LES ROYAUMES OUBLIÉS
AU FLEUVE NOIR

LA FONTAINE
DE LUMIÈRE

par

JAMES M. WARD
et
JANE COOPER HONG

FLEUVE NOIR

Titre original :
Pool of Radiance

Traduit de l'américain
par Michèle Zachayus

Collection dirigée par Patrice Duvic
et
Jacques Goimard

© 1989, TSR Inc.

© 1994 by Le Fleuve Noir pour la traduction en langue française

ISBN : 2-265-00213-5

CHAPITRE PREMIER

UN REGARD DANS LE CRISTAL

Shal avait passé des jours à parcourir les marchés de Soirétoile et d'Arabel, les deux villes les plus proches du domaine de son maître, le grand Ranthor de Cormyr. L'objet de sa quête était une herbe Wa rare ; son mentor refusait de lui procurer cette « super-poussière pour les sorts incendiaires », selon ses termes. Elle devait se débrouiller seule. Quand elle la dénicha enfin, elle retourna au fortin pour se replonger dans le sortilège des Mains de Feu. Au bout du quatrième jour d'efforts acharnés, les mains de Shal étaient les seules choses à s'être enflammées.

— Sapristi ! s'écria-t-elle, dégoûtée, jetant son grimoire et ses herbes.

Il était temps pour elle de changer de profession ! Sous ses yeux, la poignée d'herbes éclata en un étrange nuage bleu : Ranthor se matérialisa dans les airs, cerné par une horde d'orcs. Les créatures à face porcine brandissaient force armes, encerclant méthodiquement leur proie.

Du sang et de la bave sourdaient de leurs groins grotesques. Shal se sentit glisser dans cette vision, aspirée en un autre lieu ; elle vit la crasse de ces bêtes malfaisantes, les regarda foncer sur elle avec leurs épées et leurs couteaux... Elle recula jusqu'au mur. Ses tripes se nouèrent de terreur, la sueur perla à son front, coula dans son dos, entre ses seins. Souffle court, elle sut qu'elle allait mourir.

Ranthor lança le sort des Mains de Feu. Des dards incandescents jaillirent de ses doigts ; la sinistre horde fut catapultée dans les airs. Les rayons magiques brûlèrent vifs les orcs atteints. Les survivants qui retombèrent au sol prirent leurs jambes à leur cou.

— Joli coup, ces Mains de Feu ! s'esclaffa Ranthor. C'est parfois bien pratique...

Le nuage bleu s'évanouit ; les composants que la jeune femme venait de jeter par terre s'étaient remis en ordre sur son grimoire.

L'incident avait eu lieu trois semaines plus tôt. Le lendemain, elle avait maîtrisé le sortilège. Grâce à une simple vision, Ranthor avait ranimé son intérêt pour la magie. Sans le moindre reproche, il lui avait montré quel geste modifie: pour parvenir au résultat souhaité. Il trouvait toujours moyen de relancer son enthousiasme. Par ses subtils encouragements, il la faisait rêver de montagnes à déplacer ou d'une kyrielle de monstres à anéantir...

Chaque fois qu'elle était abattue, il lui rappelait combien son talent promettait. Quand elle se lassait de mémoriser des sortilèges ou de sacrifier aux corvées quotidiennes, il lui adressait un message magique pour lui rappeler que les *promesses*, sans la diligence ou l'application, ne valaient rien.

Pour l'heure, Shal s'efforçait de maîtriser le sort de Contrôle Météorologique. Elle se tenait face au vent, qu'elle tentait de visualiser : de pâles filaments mauves, cueillis entre ses bras tendus, s'aplatissaient en un disque au tranchant capable de couper ses ennemis en deux. Elle imagina un champ de force pour repousser ses adversaires ; enfin la colonne d'une tornade pour les aspirer dans un vortex. Elle prononça la formule magique avec l'inflexion voulue.

Malheureusement, le résultat ne variait pas : nul champ de force, pas de bourrasque... Pas le plus petit cyclone... Avec une sorte de sifflement, le vent échappait à son contrôle.

Lasse et découragée, Shal rentra. Il lui tardait que Ranthor revienne de sa mission, qu'elle puisse cesser de s'inquiéter pour lui.

Le jour du départ du magicien, elle s'était concentrée sur le sort de l'Eclair, s'exerçant à créer un arc d'énergie entre un paratonnerre et une pointe de cuivre fixée sur un établi. Après qu'elle eut prononcé la formule, un globe en cristal avait viré au rouge, avant qu'une explosion se fasse entendre. Un bâton et un sac de poudre en main, son maître s'était précipité d'une pièce voisine, malgré ses jambes percluses de rhumatismes.

Il avait trouvé son élève recroquevillée dans un coin, fixant le globe de cristal avec une expression horrifiée. Il avait éclaté de rire.

« — Shal, mon étudiante de trois ans, ne sais-tu pas qu'on les utilise entre sorciers pour se contacter ? Ce n'est que mon vieil ami, Denlor. »

Il avait prononcé une syllabe : le globe avait flotté jusqu'à elle. Il lui avait ordonné de le saisir et de le déposer sur la table. Tremblante, elle s'était exécuté et avait découvert que le globe rouge incandescent était glacé au toucher.

Satisfait, il avait fait quelques passes au-dessus de l'objet magique qui flottait toujours :

« — La concentration est le maître-mot, jeune dame. On ne doit pas laisser le globe entrer en contact avec quelque chose avant d'avoir complété la formule. Regarde. Concentre-toi. Imagine un sorcier... comme moi, mais plus petit, plus trapu et vêtu de rouge. Ne ferme pas les yeux ! Le cristal a besoin de ton aide pour projeter l'image ! »

Le regard de Shal était resté rivé sur les volutes iridescentes... Oui, quelque chose se profilait... Un homme apparut. Il n'avait rien de commun avec son maître. Même âgé et rhumatisant, Ranthor avait de la présence, de l'autorité, du style. Celui-ci, en revanche, avait une allure débraillée : à l'évidence, il se fichait des apparences comme d'un troll. Son sourire était chaleureux. Shal sentit qu'il existait une profonde loyauté entre les deux hommes.

« — Ranthor, mon fidèle ami ! Tu dois savoir à quel point je suis heureux de t'avoir contacté. »

Stupéfaite, la jeune apprentie n'avait pas entendu un son, mais *fait l'expérience* des pensées de l'homme et des émotions qui les sous-tendaient : panique, épuisement...

« — Je ne t'aurais pas appelé, Ranthor, sans nécessité ni urgence. Toutes les horreurs que les Enfers ont jamais crachées hurlent aux portes de mon domaine, à Phlan. Mes barrières magiques s'affaiblissent. J'ai besoin de ton aide, mon vieil ami. Je ne tiendrai plus très longtemps, et il y a bien autre chose en jeu que mes vieux os. »

Shal avait été envahie par le désespoir de Denlor et assourdie par la cacophonie infernale des monstres qui l'assiégeaient depuis des nuits. Les pensées du mage et les siennes ne faisaient plus qu'une. Abasourdie, elle avait réalisé qu'elle connaissait chaque piège de la forteresse, ainsi que les formules magiques y donnant accès. Elle avait mesuré la vulnérabilité de ce qui avait été un édifice magique imprenable.

Denlor avait imploré son ami de le secourir.

Brusquement, la vision avait disparu dans un feu d'artifice, remplacée par le blanc neigeux du globe.

« — Ma chère Shal, je suis sincèrement désolé. Ce n'était pas une façon de t'aider à faire connaissance avec les boules de cristal. Comprends, je te prie, qu'elles peuvent apporter de bonnes comme de mauvaises nouvelles. Cette fois, je dois voler au secours de mon ami. Je te charge de continuer tes études et de veiller sur ma demeure jusqu'à mon retour. »

Le mage s'était lancé dans un tourbillon de gestes, de mots et d'instructions à donner le vertige. Pour finir, il lui avait tendu un parchemin jauni.

« — Garde ce rouleau, Shal. Ne l'ouvre que si tu as des raisons de croire que je ne reviendrai jamais. Je dois partir maintenant. Que les dieux te protègent. »

D'une formule magique, il avait disparu dans le scintillement bleu de la Téléportation...

Depuis, plus rien. Elle ne progresserait plus tant qu'elle n'aurait pas de ses nouvelles, elle le savait. Entre-temps, les corvées et la routine lui permettaient de faire le vide dans son esprit.

Comme dépoussiérer les innombrables étagères de la remise ? Les ingrédients d'un mage étaient aussi importants que ses grimoires. Quelqu'un devait les garder en bon état - un apprenti, immanquablement.

Toutes ces menues tâches et ces longues heures de pratique paraissaient sans fin à la jeune femme. Elle ne parvenait pas à imaginer son maître en train d'épousseter des étagères. Il devait avoir trouvé un moyen d'échapper à ces corvées, au temps de sa jeunesse et de son apprentissage...

La fine pellicule de poussière grise s'était déposée partout, ponctuée à l'envi de toiles d'araignées. Il faudrait des heures pour nettoyer. Armée d'un chiffon, Shal se mit au travail.

Parvenue au bout d'une rangée, elle fit une pause et s'examina dans un miroir. Même à la faible lueur des chandelles, ses cheveux à mi-épaule, d'un châtain tirant sur le roux, étaient beaux et soyeux. Sa peau avait le poli de l'ivoire, ses traits étaient fins et délicats. Elle était attirante, et parfaitement proportionnée malgré sa petite taille. Assez coquine aussi pour attirer l'attention de tout homme sur lequel elle jetait son dévolu.

De ses études sous la conduite de Ranthor, elle avait appris les dégâts que la magie pouvait faire aux cheveux, à la peau et aux forces vitales du mage. A entendre ses frayeurs, Ranthor l'avait réprimandée, lui rappelant que magie et beauté n'étaient pas antonymes, mais qu'elle ne devrait pas hésiter à recourir à de puissants sortilèges, si elle voulait exceller dans la voie qu'elle avait choisie.

Elle avait pourtant persisté à s'enquérir des effets secondaires des sorts. Celui des Mains de Feu, par exemple, était à utiliser à doses homéopathiques.

Repensant à son maître, elle eut soudain une idée. Elle prit une pincée de *poudre d'élan* pour asperger le reste des étagères et s'écria « *Rasal* ! ». Instantanément, fioles et pots s'élevèrent de quelques centimètres dans les airs... Epousseter fut nettement plus facile.

Jubilant, elle s'essaya, trois étagères plus tard, à en faire deux d'un coup, ce qui lui prit à peine un peu plus de temps.

Un gros globe de cristal vira soudain au bleu, déconcentrant la magicienne en herbe. Tous les objets en suspension s'écrasèrent sur les étagères. L'indigo incandescent du globe - qui resta en l'air -, l'aveugla presque.

Le choc passé, elle se souvint que le bleu était la couleur favorite de son maître. Elle se précipita dans la pièce voisine pour aller placer la sphère sur un tripode d'ébène. Incertaine de ce qu'il fallait faire, elle essaya le sort de Lévitation, imitant les passes de Ranthor vues quelques jours plus tôt ; puis elle prononça la formule. Au bout d'un moment, elle vit son maître apparaître dans la boule.

Elle prit une profonde inspiration. Comment pouvait-on changer en si peu de temps ? Sa toge était en lambeaux, il était hirsute. Et son regard... C'était celui d'un homme possédé, condamné..., les yeux ouverts sur des visions d'un autre monde.

— Shal, écoute-moi attentivement. J'ai peu de temps. Je risque le tout pour le tout en t'envoyant ce message. Malgré nos efforts, les monstres ont gagné. Mon vieil ami est mort... assassiné. Je dois te mettre en garde contre le dragon de bronze. J'ai fait tout ce que j'ai pu pour combattre ses pouvoirs, mais il continue de gagner en forces. Shal, tu dois..

— *Ranthor, attention* ! hurla-t-elle.

Bien sûr, il ne pouvait pas l'entendre.

Une silhouette noire, gigantesque, surgit derrière le mage et le poignarda à plusieurs reprises. Shal ne vit plus que le bras qui occupait toute la boule.

Il portait un bracelet bizarre en forme de tête de serpent.

La sphère éclata.

Anéantie, Shal s'écroula.

— Mon dieu ! Oh, mon dieu ! Ranthor...

Des larmes perlèrent à ses yeux, perdus dans le vide. Sur ses bras, là où s'étaient fichés les éclats de verre, du sang coulait de dizaines d'entailles. Elle leva une main pour enlever ceux qui avaient blessé son visage.

— Bon sang, Ranthor ! Pourquoi ne m'en as-tu pas appris plus pour que je t'aide ? Tu ne peux pas me laisser comme ça ! Je t'en prie... reviens !

En quelques secondes, le choc se mua en colère, puis en rage, puis la rage en incrédulité et l'incrédulité en dépression. Des sanglots la secouèrent.

Garde ce parchemin, Shal.

Cette voix... Elle l'entendait aussi clairement que s'il avait été devant elle. Etait-ce la sphère ?

Mais non. Ce message, il avait dû le laisser pour elle avant son départ. Quelque chose s'était produit, qui l'avait déclenché.

Une fois ses coupures soignées, elle alla chercher le rouleau de parchemin sur sa table d'études. Une aura bleue l'entourait. Les mains tremblantes, elle s'en empara. Le lire, c'était admettre que Ranthor était mort. Mâchoires crispées, elle le déroula en s'asseyant.

L'écriture était énergique et fluide.

Ma très chère apprentie, Shal Bal de Cormyr.

J'ignore les circonstances exactes qui t'amèneront à lire ceci, mais je sais qu'alors je ne serai plus avec toi, ni nulle part dans les Royaumes. Tu ne peux plus rien pour moi, si ce n'est suivre mes instructions pour la dernière fois.

Va dans mes appartements. La porte s'ouvrira sur cet ordre : Halcyon.

Utilise ton héritage magique à bon escient, ainsi que les trésors rangés entre ces murs. Je sais que tu me surpasseras, et que tu deviendras une grande magicienne - si cela est ton vœu le plus cher.

Tu as mon amour éternel. Que les dieux soient avec toi.

Ranthor.

Shal resta sidérée un moment avant de s'écrier :

— Je n'en veux pas de tes trésors, Ranthor ! Pour quelle espèce de vampire me prends-tu ?

A l'instant où elle allait froisser le message pour le jeter, le centre du parchemin se mit à fumer. Une flammèche jaune dévora le papier, avant de disparaître d'un coup sans autre conséquence. Même mort, il la morigénait.

Elle alla, tête haute, exécuter l'ordre de son défunt maître. Les grandes portes de chêne s'ouvrirent devant elle ; la pièce contenait les possessions les plus précieuses du mage. Désormais, elle en était la dépositaire.

Elle ne s'attendait pas, cependant, à l'étalon bleu qu'elle trouva en train de piaffer au milieu de la salle !

Une monture magique pour un voyage magique. Ecoute ses avertissements et tout ira bien. C'est mon fidèle familier. Céruléen m'a toujours bien servi, et il fera de même pour toi.

Elle avait déjà vu la bête, sans jamais soupçonner son origine occulte. Les familiers étaient des animaux de compagnie doués d'intelligence. Bien des mages se fiaient à leur jugement, et à une seconde paire d'yeux en cas de danger. Ranthor lui avait dit qu'elle saurait quand viendrait l'heure pour elle d'invoquer un familier : le désir d'un compagnon sûr et fiable grandissait à mesure qu'on progressait dans les arts occultes. A l'époque, Shal l'avait pris comme une incitation de plus à faire ses exercices avec davantage d'application.

Au grand soulagement de la jeune femme, l'étalon se détendit et frotta son museau contre sa paume et son épaule. Elle le suivit jusqu'à une énorme table d'onyx. Le déploiement d'objets magiques l'éblouit ; elle reconnut deux potions de guérison, le Bâton des Merveilles, un carré de velours indigo, un anneau et un bâton droit de bois de rose, plus grand qu'elle.

J'aimerais être près de toi pour te guider, Shal, mais tu dois te débrouiller seule, continua la voix douce et désincarnée de son mentor. *Ce que tu vois là est fonctionnel et dangereux. Ça t'aidera à atteindre la maturité dans la pratique des arts occultes. Tu connais les potions. Le Bâton des Merveilles, il suffit de le pointer sur ce que tu désires. Ne l'utilise qu'en cas de nécessité. Ses effets, merveilleux comme son nom l'indique, sont souvent dangereux. Le Tissu des Nombreuses Poches contient tout ce dont tu auras besoin lors de ton voyage.*

— Tout ce dont j'aurais besoin ?

Elle le prit, le déplia, et encore, et encore, et encore... L'onyx poli disparut sous le carré de velours, rempli de poches.

Il suffit de demander. Tu trouveras l'objet dans une poche, du moins s'il fait partie de la liste glissée dans la poche droite supérieure.

C'était extraordinaire.

Prends le Bâton de Pouvoir : en l'examinant attentivement, tu verras de nombreuses runes gravées sur sa longueur.

Bien plus légère qu'elle l'aurait cru, cette arme magnifique, même sans magie, était parfaitement équilibrée. Ses extrémités étaient taillées en pointe. Elle portait tous les emblèmes des dieux bénéfiques des Royaumes, entourés de runes finement gravées.

Ces runes, continua Ranthor, *ne sont que poésie ; mais prononce le mot de passe que tu as utilisé pour pénétrer dans cette pièce, et tu les verras former l'écriture magique que je t'ai appris à déchiffrer. Ce sont les codes dont tu auras besoin pour que cette arme inouïe t'obéisse. Garde-la à l'abri dans le carré de velours tant que tu n'en auras pas besoin. Ne t'en sers pas en présence d'étrangers, à moins que tu prémédites leur mort, ou que tu sois prête à remettre ta vie entre leurs mains. De nombreux magiciens débutants ont dû leur perte à ce genre d'imprudence.*

Shal sentit un frisson glacé la parcourir à l'idée de devoir tuer ; la rage qui l'avait saisie contre Ranthor et contre elle-même se tourna vers le responsable du meurtre. Rien au monde ne rendrait la vie à Ranthor. Mais elle se jura de le venger.

Encore une chose, Shal : passe l'anneau à ton majeur droit. Ne fais rien, ne dis rien tant que je n'ai pas fini. (La soudaine dureté du ton la choqua.) *Tu portes maintenant au doigt l'Anneau des Trois Souhaits. Tu as étudié ses pouvoirs et je suis sûr que tu saisis l'étendue de la force qui est maintenant à ta disposition. Ne t'en sers qu'en cas d'urgence. Un dernier conseil : ne fais surtout pas le voeu de me ramener dans ce monde.*

Shal frissonna... Comment avait-il pu lire ses pensées par-delà la mort ?

Même si cet anneau avait le pouvoir d'accomplir un tel prodige, je suis là où le destin et les dieux m'ont envoyé. Ma vie a été longue et je suis plei-

nement préparé à ce qui m'attend. A toi d'utiliser mes trésors pour ton propre bien.

Les yeux de la jeune femme s'embuèrent. Elle lutta contre son chagrin.

Ne me pleure pas, Shal. Ma vie a été riche, surtout les trois dernières années passées en ta compagnie. La tienne puisse-t-elle être aussi longue et heureuse. Adieu, Shar Bal de Cormyr.

La voix s'était tue. A jamais.

Elle se souvint des circonstances qui les avaient amenés à se rencontrer. Elle était originaire d'une famille de mercenaires. Mais elle était née si menue que brandir une épée avait été un calvaire, sans parler de courir par monts et par vaux, armée de pied en cap. A seize ans, ses parents, sans grand espoir, l'avaient envoyée au grand mage Ranthor. Ce dernier avait fait dire qu'il cherchait un apprenti.

Saisie de stupeur, elle avait vu chez lui un jeune homme enflammer d'un mot un bout de chiffon et une jeune femme faire léviter une cruche. Elle s'était alors sentie idiote et inepte. Ses parents lui avaient fait une simple recommandation : « Sois honnête et promets de bien travailler. » Questionnée par Ranthor, quand il demanda si elle avait étudié la magie et si elle avait de l'argent pour payer ses études, elle répondit non aux deux questions, mais promit de rembourser en étant une élève exemplaire. Ranthor avait simplement acquiescé.

Bien plus tard, elle apprit que les apprentis payaient d'habitude d'énormes sommes pour leur éducation, surtout chez des magiciens de la stature de Ranthor. Elle apprit aussi, en côtoyant d'autres apprentis, qu'ils étaient en réalité de véritables esclaves. Ranthor ne lui demandait que de menues corvées domestiques et une parfaite application dans ses études.

Shal fixa la table d'onyx, répertoriant les trésors dont elle venait d'hériter. Céruléen fourra son museau contre son épaule, et la poussa vers la porte.

— *Tu as l'intention de te rendre à Phlan, n'est-ce pas ?*

La transmission mentale du cheval, résonnant dans la tête de Shal, la prit par surprise.

— J'y réfléchis. Lirais-tu aussi dans les esprits ?

— *Non, mais je suis loin d'être stupide, et je n'ai aucune retenue à exprimer ce que je pense. Je présume que tu voudras occire le responsable de la mort de notre maître, quel qu'il soit.*

— De *notre* maître ? J'aimerais que tu t'exprimes autrement. On croirait que je suis un cheval !

— *Mes excuses. Je t'appellerai Maîtresse, si cela te sied.*

— Fort bien. Que fais-tu d'habitude, quand tu ne sers pas de monture ?

Parfois notre maît... euh, Ranthor, me faisait disparaître dans une poche de ce morceau de tissu. Cela ne me convient guère, à la vérité. Il y fait un noir d'encre. Tant que c'est possible, je préfère m'ébattre aux alentours. Parfois, je reste invisible. Si personne ne me heurte, tout va bien. Mais nous devons préparer notre voyage.

Shal ignorait ce qui la sidérait le plus : la télépathie inattendue, ou le ton décidé de l'équidé. Elle se demanda quelles avaient été les relations entre Céruléen et Ranthor. Avec la meilleure volonté, elle avait du mal à imaginer son mentor écoutant les instructions d'un cheval.

Sans s'attendre à une réponse du défunt mage, elle parla dans le vide :

— Ranthor, tu as dit que ce cheval t'avait bien servi ; tu as omis de mentionner ses idées arrêtées sur l'obscurité ou sur l'avantage de rester invisible tant que personne ne le heurtait. Où est mon livret d'instruction sur les « étalons magiques », Ranthor ? Ne devais-tu pas penser à tout ?

— *Eh bien, si tu le prends ainsi...*, « dit » le familier, froissé.

Le regard plein de reproches, il disparut.

— Céruléen ! Reviens ici ! Je n'ai pas encore tout compris !

Ne sachant que faire, elle décida d'aller se restaurer aux cuisines, où Céruléen l'attendait, redevenu visible. Elle leva fièrement son verre d'eau :

— A Ranthor, aux chevaux magiques et aux voyages enchantés ! Puissent les dieux être avec nous, Céruléen !

La bête hennit doucement.

— *A Ranthor et au passé. A toi, Maîtresse, et au futur.*

Elle empaqueta tout ce qui lui parut utile. Puis elle fit un dernier tour du domaine, posant des serrures magiques sur tous les accès et passages secrets. Les sortilèges de protection avaient été la spécialité de Ranthor. Seul un dieu pourrait pénétrer chez lui.

Après un dernier regard mélancolique, elle monta en selle, déterminée à être digne de Ranthor, lors de cette première véritable aventure.

— En route pour Phlan, compagnon. En avant !

*
* *

Céruléen galopa à un train d'enfer, avec des

mouvements si fluides qu'elle eut presque la sensation de voler. Elle en profita pour étudier ses nouveaux objets ensorcelés et apprendre les mots magiques inscrits sur le Bâton de Pouvoir.

Ils firent halte à la nuit tombée. Elle dressa le campement comme elle avait vu faire ses frères et alluma un feu d'un simple mot. Puis elle se prépara à dîner, fière de ce qu'elle venait de faire.

Céruléen renâcla soudain.

— Quelque chose ne va pas ? murmura-t-elle.

— *Ne vas-tu pas t'occuper de la monture qui t'a portée jusqu'ici ? Crois-tu que je veuille supporter ces sacoches toute la nuit ? Ou mâchonner mon mors en dormant ?*

— Oh, désolée !

Le soulager de sa selle et de son harnais ne présenta pas de difficulté ; ôter les sacoches de son dos fut une autre histoire.

— Oh que c'est lourd ! J'aimerais être plus forte !

La magie de son anneau entra instantanément en action. Pétrifiée, elle se sentit devenir plus grande, plus musculeuse, les sacoches soudain aussi légères qu'une plume entre ses mains. Sa tenue de cavalière craqua, distendue par sa nouvelle morphologie. Elle jeta son fardeau à terre avec une force que son corps menu n'aurait jamais eue. Horrifiée, elle vit ses mains délicates et ses bras fins devenir d'énormes appendices ; ses pieds et ses cuisses s'allongèrent, un réseau d'abdominaux d'acier se développa sur son estomac.

— Non ! hurla-t-elle, non ! (Elle venait de commettre l'erreur capitale en matière de souhaits.) Regarde-moi ! Je suis un *monstre*, je suis *énorme* !

Terrifiée, écœurée, elle tomba à genoux. La métamorphose serait permanente à moins d'utiliser un deuxième vœu.

Céruléen tenta en vain de percer le voile de terreur et de révulsion qui emprisonnait l'esprit de la jeune femme. Shal croyait être devenue une femelle grotesque, déformée par une musculature monstrueuse.

La réalité était tout autre. Céruléen savait ce qui attirait Ranthor chez une femme : si Shal était plus grande qu'auparavant, la beauté de ses traits et sa silhouette parfaitement proportionnée n'avaient pas changé. Seuls des habits devenus trop petits gâchaient le tableau.

Sourde aux appels mentaux de son compagnon, elle se défendit quand même de recourir à l'anneau. Ranthor avait placé sa confiance et ses espoirs en elle. Son seul but était d'être digne de lui. Elle venait de commettre une grossière erreur ; il lui fallait vivre avec.

— Quelle idiote je fais ! Quelle sombre idiote ! (Elle ne pouvait même plus ôter l'anneau.) Au lieu de souhaiter être plus forte, j'aurais mieux fait de vouloir arriver à Phlan... Non ! hurla-t-elle, sentant la magie agir de nouveau.

En un battement de cil, elle se retrouva agenouillée sur un quai. La ville se détachait au loin. Elle, son lit de camp, sa selle et Céruléen avaient voyagé à la vitesse de l'éclair...

Des badauds s'ébaubirent au spectacle de cette grande femme, fort peu vêtue, qui plus est, occupée à marteler rageusement le sol de ses poings... Personne ne lui offrit aide ou assistance. Le grand cheval de guerre debout à son côté et ses épaules musclées devaient suffire à décourager les bonnes volontés. Si elle voulait pleurer en public, c'était son problème.

CHAPITRE II

L'ÉPREUVE

Les chariots des prêtres de Tyr s'immobilisèrent.

— Tarl ! cria frère Donal, pourrais-tu cesser de jouer au lancer de marteau le temps de mener les chevaux hors de ce bourbier ?

— Pas de problème, frère Donal, répondit l'interpellé.

Tarl alla récupérer son marteau. Puis il mena le cheval de tête sur une piste plus dégagée. Ils allaient bientôt quitter le défilé, au pied des Montagnes Ecailles-de-Dragon, pour suivre le fleuve Stojanow, au sud, en direction de Phlan.

Frère Anton, qui voyageait avec Donal, sauta à terre près de Tarl.

— Tu t'améliores, frère. A moins que j'aie la berlue, tu as fait mouche douze fois d'affilée.

Un sourire franc et massif éclaira le visage de Tarl. Comme lui et une dizaine d'autres hommes en route pour Phlan, Anton était un prêtre-guerrier, membre d'une secte adoratrice de Tyr l'Ambidextre, dieu de la Justice et de la Guerre. L'arme de prédilection d'Anton était le marteau. Un coup au but pouvait casser en deux un arbre de bonne taille - ou un homme.

— Ne va pas te rengorger comme un paon pour autant, l'admonesta Anton. Tu n'as plus besoin de réfléchir à tes mouvements avant de cogner, voilà tout. Il est temps de compliquer les choses, mon garçon. Voici un vrai marteau de guerrier : exerce-toi !

Il tira de sous sa tunique un marteau deux fois plus grand et plus lourd, qu'il tendit à Tarl malgré son air horrifié.

— Tu ferais mieux de t'entraîner avec toutes sortes d'outils. Chamboule le paysage, au lieu de faire de ridicules entailles dans les arbres.

Tarl soupesa le lourd instrument et s'essaya à le manier.

— Autre chose : exerce-toi à lancer en étant sur le dos ou sur le ventre. Plus d'une fois, j'ai eu un ennemi après avoir été terrassé.

Tarl douta que l'immense frère ait jamais mordu la poussière. Mais on ne discutait pas les ordres d'un supérieur, surtout quand il avait raison.

A son dix-huitième anniversaire, deux ans plus tôt, Tarl avait prononcé ses vœux. Cela faisait huit semaines qu'il voyageait avec cette confrérie ; il avait plus appris avec eux qu'en vingt-deux mois au temple de Vaasa.

Même en voyage, ses études et ses dévotions faisaient l'objet d'une stricte surveillance ; l'entraînement au combat était intensif. Frère Donal l'avait instruit dans les techniques de défense. Frère Sontag lui avait appris à se servir de la masse d'armes. Frère Anton le houspillait depuis des jours, de sa manière rude mais efficace, à propos de l'usage du bouclier, une arme à la fois offensive et défensive.

S'il était impatient de mettre ses nouvelles compétences à l'épreuve, Tarl savait que l'occasion ne tarderait pas à se présenter. Son groupe était chargé de remettre le Marteau sacré de Tyr au nouveau temple de Phlan.

Quelque cinquante ans plus tôt, à ce que Tarl avait compris, la ville avait été réduite en cendres par des dragons en maraude. Des créatures maléfiques de tout poil s'étaient abattues sur les ruines fumantes. Récemment, des humains avaient repris le contrôle d'un quartier de la ville sinistrée, lui restituant un semblant de civilisation. La majeure partie de Phlan était encore sous le joug de créatures chaotiques. Le fleuve Stojanow, autrefois artère vitale de la ville, avait été mystérieusement transformé en un canal puant rempli de poisons acides.

Le temple de Tyr avait été le premier bâtiment érigé depuis la catastrophe. Le Marteau de Tyr apporterait un symbolique regain de force aux occupants du temple. Il serait l'emblème du prieur quand l'heure viendrait de déloger les monstres. Tarl et ses compagnons allaient se joindre à la résistance.

Il lui tardait de se tailler une réputation de héros dévoué au service du bien partout dans les Royaumes. Ses talents de guérisseur lui valaient déjà le respect de ses professeurs. Mais ses pouvoirs étaient un don de Tyr, non un talent acquis à la sueur de son front. Il voulait faire la preuve de sa dévotion par d'éclatantes victoires, la véritable vocation des prêtres tyriens.

Tarl imagina toutes sortes d'adversaires au fil de son entraînement. Il visait pour tuer des ogres-arbres, des orcs-pierre et autres kobolds-troncs. Hélas, les monstres semblaient gagner. Son troisième coup fendit une roche en deux.

— Un ennemi meurt, Tarl, mais un autre te guette ! Vite, derrière toi !

Tarl reprit son arme, fit un roulé-boulé et la relança : elle alla percuter le tronc d'un sapin blanc, à vingt pas de là.

— Par Tyr ! Tu lui as scié les pieds, mon gars ! s'exclama Anton. Il va boiter un jour ou deux !

« Quand tu lances ton marteau en étant à terre - je veux dire, *surtout* si tu es à terre -, tu as besoin de tout l'élan que peut te donner ton corps, afin que ton bras se détende comme un ressort. »

Il fit une démonstration avec une rapidité et une aisance surprenantes pour quelqu'un de sa corpulence. Le marteau partit avec une force extraordinaire ; cette fois, le tronc se fendit sur toute sa longueur.

Tarl comprit enfin la technique et s'entraîna avec un enthousiasme renouvelé.

Le matin suivant, tous ses muscles lui faisaient mal. Anton lui massa le dos ; la chaleur de l'onguent apaisa ses douleurs.

— Tu as commis l'erreur que font les jeunes gens à ton âge, lui dit Sontag. (Doyen du groupe, il était, de fait, le chef, et souvent de bon conseil.) Tu as laissé un seul succès te tourner la tête. Le marteau a été ton maître hier. Quand tu le reprendras en main, ce devra être toi le maître.

— Tu as dit la même chose à propos de la masse d'armes, frère Sontag. Toutes les armes nous punissent-elles ainsi, avant que nous n'en gagnions la maîtrise ?

— Oui, Tarl. Puisque tu le comprends, je pense que tu es prêt pour l'épreuve de l'Epée.

Anton pâlit.

— Tarl n'est encore qu'un gosse. Pourquoi tant d'empressement, frère Sontag ?

Sontag le fit taire d'un geste de la main.

— Combien d'armes maîtrises-tu, Tarl ?

Il réfléchit ; l'épreuve de l'Epée était la dernière à passer avant de devenir membre à part entière de l'Ordre de Tyr. Quant à la nature du test, elle restait secrète.

— Je peux progresser dans le maniement de n'importe quelle arme, répondit-il en roulant les épaules. Tu m'as dit que je maîtrisais la masse d'armes ; bientôt, ce sera le marteau. Je pense posséder vite les subtilités du bouclier.

— Et l'épée, Tarl ?

Il eut un rire nerveux.

— Bien sûr que non. Les prêtres de Tyr n'ont pas d'épée. Personne ici ne peut m'apprendre...

— Faux, Tarl. Tu le savais avant même d'ouvrir la bouche. N'avais-tu pas d'épée avant de prononcer tes vœux ?

— Oui, bien sûr.

Donal, Adrian, Seriff et les autres s'étaient approchés pour écouter.

— Etais-tu bon ?

— Je pense, oui. Bien sûr, je n'ai pas bénéficié du même entraînement intensif qu'avec vous.

Il n'avait jamais su pourquoi les prêtres de Tyr n'utilisaient pas l'épée. C'était pourtant une arme facile à manier. Ce devait être une superstition, conséquence du fanatisme présent dans n'importe quel ordre religieux.

— Nous avions tous des épées avant de nous engager. Certains, ici, pourraient te donner un excellent entraînement, si c'est ce que tu désires.

— Je veux apprendre, frère Sontag. L'épée est une belle arme. Il est dommage que les guerriers de Tyr n'apprennent pas à la manier. Un bretteur peut facilement venir à bout d'un adversaire muni d'une masse d'armes ou d'un marteau. De plus, l'épée octroie une mort rapide alors que...

Sontag le fit taire d'un geste, comme Anton plus tôt.

Il partit chercher un lourd sac de cuir dans le chariot de tête. Tous le laissèrent passer en silence ; aucun des anciens ne proposa de l'assister.

— Puis-je t'aider ? demanda Tarl.

— Non, répondit Anton à la place de Sontag. C'est à frère Sontag de le faire. Il est notre aîné.

— Faire quoi ? dit Tarl.

— Passer l'épreuve. Quand un prêtre de Tyr n'en est plus capable, il doit abandonner sa charge.

Sontag sortit du sac une longue corde tressée de fils d'argent, qu'il déroula en un cercle parfait autour du jeune homme. Puis il lui ordonna sèchement de ne plus bouger.

Curieusement, Tarl se sentit pris au piège.

— Tu pourras poser toutes les questions que tu voudras une fois l'épreuve commencée, lui précisa Anton.

Sontag déposa au bord du cercle une épée longue, une épée courte, une bâtarde et une épée à deux mains, puis deux autres encore, dont un fleuret, toutes armes de très grande qualité.

Les frères formèrent un cercle et reculèrent de trois pas. Puis ils relevèrent leurs manches et leurs jambes de pantalons.

Masse d'armes en main, mais hors du cercle, Sontag ordonna à Tarl de choisir une lame.

— Tu dois me tuer avant de quitter ce cercle - sauf si tu réussis l'épreuve.

— Je ne veux pas te tuer ! cria Tarl d'une voix brisée.

La masse d'armes heurta le sol à deux pas du jeune homme.

— Choisis ton arme ou meurs dans le cercle !

Tarl bondit en arrière et voulut enjamber la corde. Sontag le cueillit aux jambes et le déséquilibra. Il heurta douloureusement le sol en tombant et maudit Tyr et tous les autres dieux. Furieux, il se tourna vers le frère, l'épée large en main.

— Je vais te tuer ! hurla-t-il.

Il se fendit, fou de rage et de douleur ; la lame mordit profondément la chair de Sontag au-dessous de sa cuirasse. Sa nouvelle tentative d'enjamber le cercle lui valut un autre coup à l'épaule gauche. Il riposta à l'aveuglette. Sontag esquiva ou dévia ses coups les uns après les autres.

Furieux, Tarl voulut opter pour l'épée longue. Stupéfait, il découvrit qu'elle *collait* à sa main. Terrifié, il l'arracha et la jeta.

Sontag ne se précipita pas sur lui. Il resta en garde malgré le sang qui suintait de sa tunique.

— Le choix que tu as fait est définitif, dit la voix d'Anton derrière Tarl. Cette épée large est tienne tant que dure l'épreuve.

— Je n'ai rien choisi ! Regarde frère Sontag ! Je ne voulais pas le blesser, mais avais-je le choix ? Je ne peux même pas quitter ce foutu cercle sans le tuer ! Qu'est-ce que c'est censé prouver ?

— Tu avais le choix, Tarl. Tu n'avais pas à le blesser.

Tarl se balançait d'un pied sur l'autre. L'épée semblait vivante entre ses mains. Il voulait fondre sur Sontag, le blesser pour laver son humiliation. Muscles tendus, il était prêt à bondir.

— Tu mourras dans le cercle, reprit Anton, uniquement si tu ne passes pas l'épreuve. Et tu mourras des mains de frère Sontag si tu essaies de franchir le cercle sans passer l'épreuve.

— Qu'est-ce que tout ça veut dire ? Pourquoi es-tu le seul à me parler, Anton ?

— Quand tu m'as demandé ce qu'on attendait de toi, tu m'as choisi comme tuteur. Les autres répondent aux questions que tu n'as pas encore posées, avec leurs bras et de leurs jambes nues.

Surveillant Sontag du coin de l'œil, Tarl regarda ses compagnons : tous portaient de nombreuses cicatrices. Une se détachait des autres par son aspect bizarrement argenté.

— En tant que tuteur, tu répondras à toutes mes questions ?

— Tant que tu ne peux pas y répondre toi-même.

— Je crois savoir en quoi consiste l'épreuve, mais je ne suis pas sûr de comprendre. Pourquoi les prêtres de Tyr n'utilisent-ils pas d'épée ?

— Avant cette épreuve, frère Sontag t'a demandé quelles armes tu maîtrisais... Quand peut-on prétendre une telle chose ?

Il réfléchit, et répondit :

— Quand on a acquis la technique et qu'on est sûr de soi. Ce qui ne veut pas dire qu'on ne peut pas s'améliorer.

— Es-tu un expert en matière d'escrime ?

Tarl réfléchit encore. Il connaissait les principaux mouvements, mais il était plus à l'aise avec un marteau ou une masse d'armes.

— Non, mais j'ignore pourquoi.

— Qu'as-tu ressenti quand la lame a mordu la chair de ton maître et compagnon ?

La question raviva la nausée de Tarl. Frère Sontag restait stoïque, une main pressée contre son flanc pour comprimer l'hémorragie. Le jeune homme en était vite venu à l'aimer malgré son caractère bourru. Et maintenant, il l'avait blessé, peut-être grièvement.

Tarl comprit que l'épée n'était pas semblable aux autres armes. Un homme était dominé par elle. Ses mouvements n'étaient plus tout à fait conscients. Il sut alors la réponse : personne n'était maître de l'épée. Elle gouvernait l'homme, et le prêtre de Tyr ne devait servir aucun autre maître que son dieu.

— L'épée n'est pas mon maître ! s'écria-t-il.

Il s'infligea une profonde blessure à la cuisse et s'évanouit.

*
* *

Il revint à lui sous les râleries de frère Anton :

— Tu ne vas pas dormir jusqu'à Phlan, mon garçon ! Debout, et au boulot ! Maintenant que tu es prêtre, des tâches importantes t'attendent.

Les cahots du chariot raviviaient les courbatures et les blessures récentes de Tarl.

— Par les dieux, j'ai mal partout ! gémit le jeune homme.

— En voilà de la reconnaissance ! Je passe la nuit à te remettre à neuf et à prier, et tu as le front de te plaindre !

— Je ne voulais pas t'offenser, frère Anton, mais si ma blessure est censée être guérie, je suis heureux que Tyr m'ait accordé la grâce d'avoir perdu connaissance pendant toutes ces heures !

Sontag écarta la bâche et se joignit à Anton. Tarl essaya péniblement de s'asseoir.

— Assez de gémissements, frère Tarl, dit Sontag. Regarde-moi : j'ai trois fois ton âge, et une blessure qui abattrait un cheval ! Frère Donal a repéré le fleuve empoisonné qui conduit au sud de Phlan. On ne peut pas se permettre de laisser au lit un prêtre jeune et fort comme toi au moment de nous heurter à la racaille qui infeste les lieux.

Depuis deux ans, Tarl étudiait et s'entraînait dans l'espoir de servir Tyr et de contribuer à la défense du nouveau temple. Il était le seul bleu du groupe. C'était sa chance de prouver sa valeur aux hommes qui lui avaient tant appris. Il se leva avec toute l'exubérance de la jeunesse et sauta à terre... Pour s'écrouler comme une masse. Sa jambe lui faisait un mal de chien.

— Tu vas boiter toute ta vie, si tu continues ! hurla Anton, en se précipitant près de lui.

Il lui fit un garrot pendant que Sontag récitait une formule de guérison. Tarl sentit le puissant influx régénérateur agir dans sa chair. Il vit les lèvres de sa plaie se refermer lentement, se ressouder - le muscle d'abord, puis l'épiderme. Les yeux emplis d'émerveillement, il s'aperçut que la douleur avait disparu. La cicatrice avait un aspect argenté. Sontag ôta le garrot et l'aida à se relever.

Tarl prit les mains de son bienfaiteur entre les siennes.

— Merci, frère Sontag ! Puissé-je un jour partager tes talents !

— Tes dons de guérison rivalisent déjà avec ceux de la plupart d'entre nous. Tu seras bientôt mon égal. Pour l'heure, prépare-toi à combattre.

— N'oublie pas ton marteau, frère Tarl, dit Anton.

Le jeune homme savoura ces mots plus que jamais. « Frère Tarl. » Ces hommes étaient véritablement ses frères, maintenant.

Avec sa couleur verdâtre et ses rives stériles, le
fleuve Stojanow blessait le regard. Même les arbres
chétifs, à plus de cent pas, luttaient désespérément
pour survivre, malgré leur feuillage flétri et mal-
sain. Pire que son aspect, l'âcre puanteur qui se
dégageait de l'eau attaquait les sinus et les bron-
ches. Le pourrissement ambiant donnait la nausée.

Les chevaux, hennissant et renâclant, menaçaient
de ruer. Adrian et Seriff les menèrent aussi loin
qu'il était possible sans perdre le fleuve de vue.

Plusieurs jours passèrent, sans incidents notables.
Cinq jours après l'épreuve, au crépuscule, ils atteignirent les premières fortifications en ruine.

Anton s'aperçut qu'ils foulaient des pierres
tombales dissimulées par des herbes folles ; il
donna l'alerte.

Une main squelettique jaillie de la terre voulut
lui agripper la cheville. D'un coup de marteau, il
écrasa les doigts du monstre, qui émergea tout
entier, un bouclier de terre et d'asticots devant lui,
en poussant des cris atroces. Anton lui réduisit le
crâne en bouillie et éparpilla ses ossements aux
quatre vents.

D'autres squelettes en armes surgirent devant le
groupe.

— Le Marteau ! hurla frère Donal. Protégez-le
coûte que coûte !

Il le confia au plus jeune de leur groupe, frère
Tarl, qui fut aussitôt entouré d'une haie défensive.

— Les chevaux ! cria-t-il.

Trop tard. Des mains diaboliques surgirent de la
terre pour les éventrer. Des hennissements d'agonie

s'élevèrent ; les zombis attaquèrent aussitôt en force. Les prêtres frappèrent, broyant les os de leurs assaillants. Même si la vue de ces monstres glaçait les sangs, ils ne faisaient pas le poids contre de lourds marteaux de combat et des masses d'armes.

En quelques minutes, l'endroit fut jonché d'éclats d'os ; mais aucun prêtre ne réussit à reprendre son souffle.

Une nouvelle nuée de zombis grotesques surgit des entrailles de la terre. Frère Sontag les défia :

— Au nom de Tyr, disparaissez !

Un rayon d'un blanc immaculé jaillit du Marteau et percuta la poitrine décomposée la plus proche. La chair putride se mit à fumer. Les asticots éclatèrent ; le monstre fut réduit en bouillie.

Mais ses semblables arrivaient toujours plus nombreux, accompagnés de légions d'apparitions, toutes plus atroces les unes que les autres. Tarl ne réussit plus contenir son épouvante. Des nuées de géants, d'ogres et d'autres monstruosités cernaient les prêtres de toutes parts.

— Arrière, engeance de démons ! hurlait Sontag. Vite, frères ! Il faut fuir cet endroit !

La main crispée sur le Marteau de Tyr, Tarl s'élança, suivi de sa compagnie. Des hurlements abominables éclatèrent... C'étaient Seriff, Donal, et d'autres encore .

Anton et Sontag encadrèrent Tarl, leurs boucliers levés. Une main éthérée traversa le bouclier, puis se referma sur la gorge de Sontag, qui ne put même pas crier. Il s'effondra, réduit à l'état de coquille vide. Tarl fit volte-face : trois *âmes en peine* planaient au-dessus de la macabre dépouille, leurs yeux verts exorbités par l'excitation de la tuerie.

— Abominations ! hurla-t-il. Laissez-le !

Le Marteau de Tyr brûlait dans sa main ; il le lança avec toute la furie qui s'était emparée de lui. L'arme sacrée prit une teinte bleutée en volant vers les visages brumeux. Elle les fit exploser en les traversant.

Tarl se rendit compte de ce qu'il venait de faire, et se maudit de sa stupidité. Mais le Marteau, comme un boomerang, revint vers sa main tendue. Instantanément, il brilla d'un éclat plus lumineux encore, protégeant de son aura mystique Anton, Tarl et les trois survivants. Squelettes et zombis reculèrent, bras levés devant leur visage, comme si leurs orbites vides pouvaient être aveuglées. Les géants et les ogres mort-vivants hurlèrent de douleur et tournèrent les talons.

Mais les *âmes en peine* ne semblaient pas impressionnées.

— Arrière ! cria Anton. Courez comme jamais de votre vie !

Il bondit comme un daim par-dessus les pierres tombales. Il écrasait les corps putrides au passage, les aspergeant d'eau bénite pour faire bonne mesure. Tarl lançait son Marteau, des *âmes en peine* explosaient, partout les cris des morts-vivants s'élevaient. Les autres utilisaient également leurs dons. Loin d'être négligeables, ils leur auraient sûrement sauvé la vie si l'ennemi ne les avait pas écrasés de son nombre. Tarl entendit leurs cris d'agonie.

Ne restait plus qu'Anton et lui...

— Donne-nous le Marteau...

Les deux amis s'arrêtèrent net devant six créatures d'outre-tombe ; leurs mains déformées se tendaient vers eux.

— Des spectres, dit Anton, l'air sombre, et un seigneur vampire.

La révulsion, la rage et une terreur sans nom submergèrent le jeune homme. Seul, il serait mort de peur, mais le Marteau de Tyr devint une extension vivante de ses forces. Des rayons bleus surgirent, transformant les dernières *âmes en peine* en filaments laiteux. Les six spectres reculèrent.

— Bien joué, fils !

A la place des spectres s'était matérialisé un bel homme vêtu de blanc, qui flottait dans les airs. Ses yeux rouges semblaient brûler des feux de l'enfer.

— Non, Tarl ! hurla Anton, ne le regarde pas dans les yeux ! Arrière, misérable vampire ! Engeance des Abysses ! Aussi vrai que Tyr est mon dieu, laisse-nous en paix !

L'apparition sembla tressaillir, mais elle se ressaisit et flotta plus près, un sourire mauvais aux lèvres.

— Ton pauvre dieu ne peut rien contre moi.

— Blasphémateur ! Mon dieu engloutira ta chair dépravée et te vomira dans les Enfers auxquels tu appartiens !

La créature aux yeux pourpres ne montra aucune crainte à la vue des symboles brandis, ni à l'écoute des prières. Elle approcha encore. Tarl avança comme un automate.

Anton hurla et le tira en arrière, récitant à toute vitesse un autre sortilège.

— Que le feu de Tyr te foudroie ! s'écria-t-il, lançant une pincée de soufre.

Une tornade bleue jaillit du ciel pour engloutir la créature, qui hurla de souffrance. Sa robe en flammes tomba sur le sol. Nu, l'être dévoila son horreur aux regards des deux prêtres : il avait une peau translucide tendue sur des os blanchâtres. On ne voyait pas trace de sang.

Renversant la tête, le vampire partit d'un rire

atroce, que Tarl n'oublierait jamais.

— Cher frère, gronda-t-il, ton sortilège était puissant, mais tu n'as pas prononcé la bonne formule. Tu ne peux pas foudroyer ce qui est déjà mort !

— Cours, frère, chuchota Anton. Je vais retenir cette abomination le temps que tu t'échappes avec le Marteau.

Rien ne lui aurait davantage plu que fuir cet endroit, mais il n'était pas question d'abandonner son ami.

— Je suis avec toi, frère Anton, comme Tyr et comme la puissance de ce Marteau !

— Alors, par les dieux, nous allons vaincre ce salaud !

D'un mot, il fit apparaître dans les airs un symbole bleu - le signe sacré de Tyr -, qui vint se ficher dans le front du vampire.

Hurlant de douleur, celui-ci tomba à genoux, et lança un anathème :

— *Gnarlep* !

Anton poussa un terrible hurlement. Il se débattit en vain pour arracher le dard maléfique qui s'enfonçait inexorablement dans son front. Il fut pris d'atroces convulsions.

— Arrête ! hurla Tarl. Laisse-le ! Que dois-je faire pour que tu arrêtes ?

— Ce que tu dois faire ? reprit l'être, ironique. Une dizaine de saints hommes envahissent mon cimetière avec leur misérable marteau qui réveille les morts-vivants. Ils ne laissent aucun de mes serviteurs en paix, et tu demandes ce que tu dois faire ? Je veux cette arme sacrilège, maintenant - ou ton ami mourra !

D'un geste de la main, le vampire soumit Anton à un nouveau paroxysme de souffrance.

— Arrête !

— Le marteau, ou il meurt ! Donne-moi ce marteau, et vous partirez tous les deux, sains et saufs.

Tarl lança le Marteau ; la créature esquiva le coup et emprisonna l'arme dans une toile rouge qui se matérialisa dans les airs. Le monstre sembla submergé de plaisir.

— Non ! gémit Anton.

— Maintenant, du vent ! grinça le vampire. Dites-moi où vous voulez partir, et adieu !

Renonçant à comprendre pourquoi ce suppôt du mal ne les exterminait pas séance tenante, Tarl dit :

— Dans Phlan la Civilisée, au temple de Tyr.

Un nuage cramoisi enveloppa les deux hommes. Un vent surnaturel tourbillonna autour d'eux. Ils se dématérialisèrent.

*
* *

Quand la brume se dissipa, Tarl était agenouillé près d'Anton, face à un portail.

— Frères ! Frères de Tyr ! Aidez-nous !

Dans le crépuscule, il distingua des silhouettes munies de torches. Il fallut quatre hommes pour porter Anton dans le temple, et des heures de lutte pour vaincre les fièvres malignes. Finalement, un prêtre plus âgé, qui ressemblait au défunt Sontag, posa la main sur l'épaule de Tarl, et l'entraîna dans une pièce où s'alignaient des tables.

— Assieds-toi, dit le vieil homme, je vais chercher à manger. Tu dois avoir beaucoup à raconter.

Tarl mangea machinalement pour reprendre des forces. Il venait de tout perdre : dix de ses frères, l'objet sacré qu'ils lui avaient confié, et bientôt, il le craignait, Anton. Après dix heures de litanies magiques, de mains passées sur les plaies et d'application d'onguents, les frères guérisseurs étaient arrivés à un résultat : soulager assez ses souffrances pour qu'il s'assoupisse. Mais la conscience semblait l'avoir abandonné. Il reconnaissait à peine Tarl.

Le jeune homme saisit la main de son interlocuteur.

— Douze hommes ont commencé ce voyage, frère...

— Tern. Frère Tern. Et tu es ?

— Tarl... Ils m'avaient initié à la confraternité de Tyr...

Il narra brièvement leur voyage depuis Vaasa, et leur arrivée au fleuve Stojanow.

— Ici, nous l'appelons le fleuve Stérile. Nulle vie ne peut s'y développer.

Hochant la tête, Tarl continua son récit. Il mentionna l'attaque des zombis. A son avis, le Marteau de Tyr, voué au bien de toute éternité, devait avoir enragé tous les morts-vivants de la ville. Il ignorait quel démon avait laissé sa marque au front de son ami. Il jura de le découvrir.

A la nouvelle que le Marteau avait été perdu dans les ruines, il vit le désespoir s'inscrire sur le visage du vieil homme. La prêtrise de Tyr comptait désespérément sur ce symbole pour faire face aux légions du chaos.

Tarl jura de tout risquer pour le retrouver, dès que son deuil et ses méditations prendraient fin. Dans le secret de son cœur, il fit le serment de passer ses jours à développer ses connaissances, ses talents, et son expérience pour reprendre son bien au vampire, et venger ses amis. Se sachant responsable de la catastrophe, il était déterminé à réparer sa faute.

Le vieux prêtre lui donna son assentiment. Après un jour ou deux de récupération, Tarl trouverait sans doute dans les forêts du nord un refuge pour méditer.

Quand le jeune homme retourna voir Anton, son front était si glacé qu'il lui brûla les doigts. Tarl se força à les maintenir sur la peau glaciale le temps d'égrener une prière. Son don de guérison était intact, mais impuissant face à un tel mal. Il s'enroula dans une couverture, aux pieds du malade, et s'endormit.

CHAPITRE III

LA NUIT COMMENCE

Il n'y aura pas de répit cette nuit, se dit Ren, surveillant la foule qui se pressait dans la taverne. L'établissement était bondé : des soldats, des voleurs, des aventuriers, un magicien ou deux. Pour la plupart nouveaux venus, ils étaient attirés par les promesses du Conseil de la ville : chaque parcelle de terrain reconquise sur les monstres se verrait récompensée par des primes conséquentes.

Beaucoup d'étrangers étaient prêts à former des expéditions de volontaires ; des criminels avaient commencé à affluer aux abords de Phlan la Civilisée, attirés par la perspective d'une amnistie. Ren s'étonna pour la millième fois qu'ils aient l'air si jeunes. Trop *jeunes* pour affronter les monstres qui sévissaient dans les ruines de la vieille ville.

Pas très loin de leur âge, Ren avait l'impression d'avoir vieilli d'un siècle en un an. Il avait été le meilleur des voleurs, un pourfendeur de monstres et d'hommes, et un amoureux transi... Personne ici n'avait pu connaître un amour comme le sien. Il ferma les yeux. Se souvint de Tempête...

Ses cheveux avaient la teinte terre de Sienne des feuilles de chêne en automne. De haute taille, la silhouette gracieuse et épanouie, elle pouvait passer d'une démarche féline à celle, chaloupée et provocante, des filles des rues ; cela dépendait de son humeur.

Pour écumer les rues ou les maisons des riches avec lui, elle avait toujours porté du cuir noir. Les souvenirs affluèrent à l'esprit de Ren, certains lui fouettant les sangs...

Le tenancier le tira brutalement de ses rêves :

— Dormirais-tu debout, par hasard, l'homme ? Il y a des tables à nettoyer, et des commandes à prendre ! Remue-toi ou tu sortiras vite de mon auberge !

— Désolé, marmonna-t-il en secouant la tête.

Il reprit son service parmi la clientèle, qui lui permettait le plus souvent de rester plongé dans ses pensées.

Il travaillait pour Soth depuis trois semaines, après une longue succession de petits métiers itinérants pratiqués brièvement depuis son départ d'Eau Profonde. Il n'avait plus exercé ses talents de voleur depuis plus d'un an, quand ces salauds avaient assassiné sa Tempête pour une histoire de gemmes et de dagues volées à la Guilde des Assassins. Ils ignoraient alors que la Guilde en était propriétaire. Si Ren avait pu recommencer, il aurait volontiers laissé les pierres précieuses pour que sa compagne soit toujours en vie.

Il se réveillait chaque nuit avec la vision de Tempête hurlant sous la morsure d'une lame plantée sous son sein gauche. Elle serait morte sans cela, mais les assassins avaient enduit le couteau d'un poison violent qui provoquait une agonie atroce. Ren fut obligé d'abréger les souffrances de sa bien-aimée. Il avait exécuté les trois tueurs sur les lieux du crime, mais ce n'étaient que des hommes de main. Le chef de la Guilde était le véritable responsable. La tête blonde du voleur était mise à prix. Ren s'en moquait. Le salaud récupérerait ses pierres précieuses en enfer, pas avant.

*
* *

Une guerrière héla le serveur blond pour passer commande.

Ses compagnes et elle étaient impressionnantes. Vêtues de cottes de mailles de qualité ayant déjà bien servi, elle étaient hérissées d'épées, de dagues et de haches... qui avaient vu du pays elles aussi. La plus menue des trois, une brune élancée, et la plus grande, une blonde athlétique, paraissaient obéir à la troisième, dont les cheveux poivre et sel signalaient qu'elle était plus âgée. Ren, qui n'avait pas touché une femme depuis plus d'un an, se sentit attiré par les trois en même temps.

D'humeur polissonne pour la première fois depuis longtemps, il demanda au patron son meilleur service d'étain, en principe réservé aux gentilshommes et gentes dames de haute naissance. Puis il ordonna au cuisinier de faire diligence :

— Je veux à manger, l'ami, en quantité, et sur ces grands plats.

— Qu'as-tu en tête, mon garçon ? demanda le maître queux, couvert de graisse.

— Garde un œil dans la salle et tu le sauras bien

vite ! répondit Ren, badin.

Le maître queux était un homme coléreux, aussi méchant que petit. Soth le tolérait parce que sa cuisine forgeait la réputation de son établissement. Des capitaines au long cours et des marchands itinérants se faisaient un point d'honneur de descendre au *Gobelin Rieur* quand ils arrivaient à Phlan. Ren s'était gagné les bonnes grâces du personnage, et il ne rechignait pas à lui demander une faveur en échange d'un brin d'amusement.

Ren alla chercher un immense bouclier dans la réserve, souvenir d'un guerrier qui avait essayé de partir sans payer. Le colosse blond, grâce aux talents réunis d'un voleur et d'un ranger, avait le don de « persuader » les mauvais coucheurs de payer leur écot. Soth s'en félicitait. Arrachant sans peine les lanières de cuir du bouclier, Ren le transforma en plateau, et entreprit de porter l'amoncellement de victuailles jusqu'à la table des donzelles.

Les yeux écarquillés, le maître queux s'étrangla de stupeur en le voyant prendre d'une seule main le plateau surchargé. C'était la première fois que Ren donnait idée à ses collègues de sa véritable force. Peu d'hommes le dépassaient en taille - près de deux mètres dix -, mais sa musculature restait toujours cachée sous sa tunique trop grande. Ses pectoraux mis à rude épreuve se gonflèrent sous le tissu. Le maître queux le suivit, hochant la tête ; il prit bonne note de ne jamais l'avoir pour adversaire.

Ren se fraya sans peine un chemin dans la salle bondée. Personne ne pouvait voir ce qu'il y avait sur le plateau. La blonde le taquina :

— Pas trop tôt, l'ami ! Je commençais à planifier une expédition de secours. Ton pourboire va s'en ressentir.

La brunette lui tapa sur l'épaule :

— Jensena, je sais ce que tu as en tête, mais il sent si fort qu'il te faudra une semaine pour le récurer avant de penser au plaisir !

Toutes trois éclatèrent de rire ; Ren leva les sourcils et rétorqua :

— Je parie votre addition, mes dames, que vous ne pourrez pas faire mon travail, même dix minutes.

Depuis leur arrivée dans l'auberge, les trois femmes avaient dépensé sans compter ; elles répondirent comme un seul homme :

— Pari tenu !

De son poste d'observation, le maître queux sourit. Il savait maintenant à quoi s'attendre. Ce Ren était un sacré lascar, il fallait le reconnaître !

— Là, fit-il, tendant le plateau, voyez si vous pouvez le porter jusqu'au bar sans le laisser choir. Ça ne devrait pas être trop dur, à supposer que vous soyez à jeun...

Il posa son fardeau. A l'autre bout de la taverne, on entendit gémir le bois de la table sous le poids du gigantesque bouclier, lesté d'assez de mangeaille pour nourrir une armée.

La brune Gwen comprit le tour qu'il venait de leur jouer. Lèvres pincées, elle fouilla sa bourse pour payer. Ses amies ne s'avouèrent pas vaincues :

— Jensena, tu es la plus forte. Essaie donc.

La blonde aurait pu faire honte à nombre d'hommes. Elle repoussa sa natte dans son dos et fit jouer ses muscles. Comment ce gaillard avait-il pu porter le plateau à bout de bras ? Enfin, il fallait essayer. Elle banda les muscles et tenta de soulever des deux mains la montagne.

Dans la salle, la tension était palpable. Tous les regards étaient braqués sur Ren. La plaisanterie menaçait de tourner au vilain. Ces fières étrangères n'appréciaient pas du tout d'avoir été tournées en ridicule par un garçon de salle. Beaucoup prendraient leur parti si les choses tournaient mal. Même Soth et le maître queux venaient de s'armer, juste au cas où...

— Arrêtons-nous là, mes dames, dit Ren. Je ne voudrais pas voir gâchées cette bonne nourriture et ces bières. Mangez, buvez, amusez-vous. On reparlera de notre pari plus tard.

Sur une courbette, Ren reprit son service. La tension retomba aussitôt.

*
* *

Il revint un peu plus tard à la table des guerrières, et leur adressa un chaleureux sourire :

— Je ne voulais pas vous offenser. J'avais envie d'attirer votre attention.

— Tu nous a bien eues, tant pis pour nous, dit l'aînée, en poussant discrètement une bourse vers lui. Je suis Salen, chef de cette petite compagnie. La brune se nomme Gwen ; celle qui a essayé de soulever le plateau est Jensena.

— Ravi, mes dames - Gwen, Salen, Jensena. Mes amis m'appellent Ren. J'aimerais que vous fassiez de même.

— Alors, Ren, es-tu assez courageux pour remettre cette somme en jeu ? demanda Salen. C'est nous qui choisissons le pari cette fois !

— Ma dame, je doute qu'un homme puisse vous

défier et survivre.

Elle eut un sourire en coin :

— Je pense que tu as raison.

Ren lança le sac de pièces à l'aubergiste, qui eut l'heureuse surprise de découvrir un petit trésor en pièces d'or.

— Quel sorte de pari aviez-vous en tête ? s'enquit Ren.

— Tes muscles ne t'aideront pas dans une compétition de lancer de dague, proposa Salen, fine mouche.

— Non, je suppose que non. Mais je dois vous prévenir, je ne suis pas un débutant. Toujours partantes ?

Les deux compagnes de Gwen éclatèrent de rire. Elles finirent leur repas, puis se rendirent dans le coin réservé aux jeux guerriers. La cible avait été taillée dans un sapin plusieurs fois centenaire. Les cercles constituaient des repères parfaits. Salen tira deux paires de dagues de sa sacoche.

— Belles armes, dit Ren. Je peux ?

Il les prit en main pour tester leur équilibre. Les lame étaient légèrement plus renflées à la pointe. Les gardes d'onyx et de cristal étaient lestées d'or pour garantir la sûreté du lancer. Aux mains d'un expert, de telles lames déchiquetaient sans mal chair et os.

Ren sentit l'excitation monter en lui pour la première fois depuis longtemps. La passivité n'était pas dans sa nature. Ce trio au cœur léger, avec ses paris et ses rires, éveillait en lui d'anciens échos trop longtemps étouffés.

Ses premiers jets firent mouche au cœur de la cible.

— Pas mal, reconnut Salen. C'est stimulant !

Ses deux lames s'enfoncèrent à leur tour dans le

plus petit cercle de la cible, à un millimètre l'une de l'autre.

Après plusieurs lancers d'échauffement destinés à prendre la mesure de l'adversaire, le vrai tournoi commença.

Ren ne s'était plus senti aussi bien depuis des mois. Il retrouva la merveilleuse sensation de savoir son corps entièrement soumis à sa volonté. Pour la première fois depuis la mort de Tempête, il se surprit à dévisager les gens qui l'entouraient et à les évaluer. Ses talents de ranger lui permettaient de déterminer d'un coup d'œil s'il se trouvait face à un adversaire digne de lui. Ses aptitudes de voleur l'aidaient à repérer les affaires bien « juteuses ». Salen était un adversaire coriace ; lui se sentait dans une forme éblouissante.

Le jeu ne faisait que commencer.

Gwen approcha de lui - tout près... Ses cheveux noirs sentaient bon les foins coupés ; ce parfum lui fit tourner la tête.

— Tu sais, murmura-t-elle, si tu ne sentais pas si mauvais, je nous verrais bien ensemble...

Elle s'éloigna avant qu'il puisse répondre.

Salen lança et fit deux fois mouche. Son tour venu, Ren vit avec horreur ses dagues filer à plusieurs centimètres de la cible. Quand il alla les reprendre, il remarqua que leur équilibre n'était plus le même. Ces dames l'avaient bien eu ! Elles avaient échangé ses dagues pendant que Gwen lui faisait monter l'eau à la bouche. Une vengeance parfaite.

Il revint vers Salen.

— Il semble que j'aie perdu mon savoir-faire. Si nous continuons trop longtemps, je cours à l'humiliation. Si on jouait le tout pour le tout sur un coup ?

— Ça me va.

Elle fit mouche de nouveau, ses deux lames à un centimètre à peine l'une de l'autre.

— Je suis sûr que tu ne trouveras rien à redire si j'utilise mes dagues pour le coup final, dit Ren, faussement nonchalant.

Avant qu'elle ait réagi, il tira ses lames de ses bottes. Sans une hésitation, il les lança. Elles se fichèrent au cœur de la cible, entre celles de Salen.

Les trois guerrières se regardèrent nerveusement. Ren alla retirer les quatre lames, et rendit les siennes à Salen. Les trois femmes quittèrent l'auberge sans un mot, après lui avoir lancé une autre bourse.

— Peut-être à une autre fois, murmura-t-il.

Il n'avait pas voulu les offenser, encore moins les chasser. Cela faisait bien longtemps qu'il ne s'était plus amusé ainsi.

— Il y a des tables à nettoyer, lui chuchota Soth, d'une voix où le respect le disputait à la crainte.

— Pas de problème, répondit-il, joyeux.

La meilleure nuit qu'il ait eue depuis beau temps ne faisait que commencer.

CHAPITRE IV

DES POINGS ET DES AMIS

Sur la ville de Phlan, le soleil se couchait dans un ciel sans nuages. La garde, qui avait été doublée, s'apprêtait à reprendre son service. Les ténèbres faisaient régulièrement surgir un cortège de monstres autour de la nouvelle cité fortifiée, baptisée « Phlan la Civilisée ». Les orcs écumaient les ghettos qui jouxtaient les fortifications. Les gobelins arpentaient les abords du Puits de Kuto et de la Place Podol. On disait que les géants des collines avaient la porte de Stojanow et le château de Valjeno sous leur coupe. Du haut du chemin de ronde du quartier commerçant, on pouvait les apercevoir. Ces monstres eux-mêmes, disait-on, craignaient les morts-vivants, de plus en plus nombreux au cimetière de Valhingen, à une dizaine de kilomètres des quais.

Tarl se promenait sur le port quand il vit une grande femme agenouillée près d'un cheval. Elle frappait le sol de ses deux poings. Curiosité piquée au vif, il approcha.

Le cheval ne broncha pas ; la femme ne parut pas s'apercevoir de la présence du jeune homme. Il s'agenouilla près d'elle et prit ses mains entre les siennes :

— Je vous en prie, ma dame, vous devez arrêter. Vos mains sont en sang.

Anéantie, elle tourna la tête vers lui. Au contact de leurs mains, des flux régénérateurs se mirent à circuler dans le corps du prêtre. Le sang séché disparut et une nouvelle peau se forma, rose pâle. Les mains déchirées redevinrent lisses et belles.

Les dons de guérisseur de Tarl étaient spéciaux. Le processus impliquait un échange intime et profond avec le blessé. Cette fois, il eut l'impression que l'inconnue touchait également en lui quelque chose de profond et d'intime. Il l'aida gentiment à se rasseoir. Même à la lueur du crépuscule, il remarqua ses yeux d'un vert fascinant et les reflets roux de ses beaux cheveux ; il s'aperçut que ses vêtements, trop petits, dévoilaient ses formes épanouies.

La voix rauque, il se présenta :

— Je suis... Tarl Desanea, prêtre du dieu guerrier Tyr... à votre service...

— Merci, dit-elle doucement.

Il lui tendit la main ; elle se releva. La jeune femme était un peu plus grande que lui. Elle remit de l'ordre dans sa mise du mieux qu'elle put. Tarl lui donna une couverture ; elle s'en drapa. Humant son parfum, le prêtre remercia muettement Tyr de ne pas exiger l'abstinence de ses fidèles.

— Pardonne-moi, dit-elle, gênée. J'ai oublié mes manières. Je suis Shal... Shal Bal de Cormyr, magicienne. J'étais l'apprentie du grand Ranthor.

Tarl écarquilla les yeux. C'était la première fois

qu'il rencontrait un mage aussi musclé ! La plupart choisissaient cette profession parce qu'ils n'avaient pas la force physique requise pour d'autres activités. Les sortilèges les rendaient plus chétifs. On aurait pu prendre Shal pour un forgeron, ou une guerrière. Avec de l'entraînement, elle lancerait aussi bien le marteau qu'Anton.

Shal aussi détaillait le jeune homme. Sa chevelure blanche était surprenante. Ses yeux gris acier pétillaient d'intelligence et d'innocence. Ne sachant rien de lui, elle n'avait pas de raison particulière de lui faire confiance.

Mais elle avait senti qu'ils se ressemblaient à la seconde où il avait pris ses mains dans les siennes pour la guérir. Elle se souvint que Ranthor avait toujours parlé des prêtres de Tyr en termes élogieux. Il les appelait des « justes », et des « hommes à qui on pouvait tourner le dos ». Un jugement qu'il ne prononçait pas à la légère.

— Euh, Tarl... Tu connais l'endroit ? Où pourrais-je acheter de nouveaux vêtements ?

— Oui... Bien sûr...

Il l'aida à remonter en selle, puis se hissa en croupe.

— *Hooo ! Double ration d'avoine ce soir, Maîtresse, surtout après m'avoir fait cavaler pour rien.*

Shal osa un « *La ferme !* » mental ; Céruléen partit immédiatement au trot le long des quais.

Arrivé depuis deux jours, Tarl avait exploré la ville pour en apprendre plus sur les monstres et les morts-vivants qui fourmillaient au-delà des fortifications.

*
* *

Il emmena Shal chez une couturière qui, la veille, lui avait recousu sa tunique. La commerçante n'avait jamais vu de femme aussi grande ; elle la regarda comme un phénomène de foire. Shal refoula ses larmes et se souvint des regards plutôt admiratifs de son compagnon. D'une voix assez ferme, elle passa commande pour de nouveaux vêtements de cuir.

Dans l'arrière-boutique, la couturière alla chercher un ensemble laissé là par un aventurier qui n'était jamais revenu prendre son bien. Bien sûr, elle aurait des reprises à faire :

— Les clientes de ta corpulence sont rares, ma jolie... Soit dit sans t'offenser, se hâta-t-elle d'ajouter. Je devrai faire quelques retouches pour que cela t'aille. Tu es grande et bâtie en conséquence, mais tu as une taille fine. Il y aura... d'autres *retouches* à faire. N'est-ce pas, jeune homme ?

Elle chassa le prêtre rougissant et s'attela à la tâche.

La tunique et les jambières de cuir étaient d'un contact étrangement doux sur sa peau, découvrit Shal à l'essayage.

— De l'authentique cuir de Chimère, affirma la couturière. Coûteux, mais bien entretenu, il dure toute une vie. Reste tranquille, que je mette mes épingles. Tu repartiras avec si tu as huit pièces d'argent et deux heures devant toi.

Plus tard, la magicienne lui demanda si elle connaissait la tour de Denlor. La femme répondit par l'affirmative. Elle avait entendu dire que le vieux mage avait réussi à défendre le territoire libéré, au nord-ouest, des mois durant avant de succomber aux attaques des *créatures*. La jeune femme prononça ce dernier mot à voix basse, comme si l'Enfer l'eût écoutée.

Quand Tarl revint, il fut stupéfait de la transformation. Le cuir noir que portait Shal contrastait de façon saisissante avec la teinte bois de rose poli de ses beaux cheveux roux fraîchement peignés et nattés. Ses yeux verts brillaient joliment à la lueur des chandelles de la boutique. Les vêtements taillés par la couturière soulignaient à la perfection la plantureuse silhouette de la jeune femme.

— Cesse de te décrocher la mâchoire, mon garçon, dit la commerçante, l'air sévère. On dirait que tu n'as jamais vu de femme.

— Tu es... extraordinaire, Shal, dit-il.

Elle secoua la tête, dubitative. Elle se sentait moins ridicule et plus à l'aise dans des vêtements adaptés à sa nouvelle taille.

— Merci, dit-elle machinalement en sortant de la boutique.

Le jeune prêtre lui emboîta le pas comme un chiot énamouré.

— Shal, je serais honoré que tu me permettes de t'aider à trouver où loger pour la nuit. On pourrait dîner ensemble, si cela te dit. J'aimerais bavarder avec toi.

— Moi aussi. Mais j'ai besoin d'être un peu seule. J'ai perdu des... choses qui m'étaient très chères, et je suis un peu désorientée.

Il l'aida à remonter en selle.

— Je comprends ce que tu ressens. J'ai aussi perdu quelque chose d'important. C'est peut-être pourquoi j'ai senti un courant particulier circuler entre nous.

Il lui saisit la taille. Ils se dirigèrent vers le centre de la ville. Lui non plus n'avait pas de quoi loger pour la nuit, sinon au temple. On lui avait cité l'auberge du *Gobelin Rieur* comme un établissement sûr, quoiqu'un peu coûteux.

Ils eurent du mal à trouver l'aubergiste, Soth, dans la salle bondée, mais il restait de la place. Il conduisit lui-même la grande femme dans sa chambre. Tarl l'accompagna jusqu'à sa porte.

*
* *

— Shal, prends autant de temps que tu voudras. Je resterai dans la salle à t'attendre.

— Merci pour ton aide, Tarl. Je ne serai pas longue.

Restée seule, elle étouffa un sanglot en apercevant son reflet dans un miroir. Elle se sentait aussi monstrueuse que l'orc le plus répugnant. Sa vision des choses n'était plus la même ; elle avait changé. Ce corps ne lui appartenait plus...

Elle qui avait toujours tiré fierté de ses membres délicats, de ses mains et de ses pieds fins, de ses traits finement ciselés... Tout cela n'existait plus. Une étrangère lui renvoyait son regard.

Mais son essence intangible n'avait pas été altérée. Elle poussa un profond soupir. La nouvelle Shal Bal vengerait la mort de Ranthor, et resterait grande et forte jusqu'à... sa mort, sans doute.

Elle s'assit sur le lit, ignorant le grincement du sommier, et ralentit sa respiration pour se détendre et apaiser ses tourments. A chaque expiration, elle chassa de son corps une angoisse précise. Quand elle redescendit, elle avait fait la paix avec elle-même.

Dans la salle bondée, elle repéra la chevelure blanche de Tarl. Son visage s'éclaira quand il aperçut la jeune femme. Elle s'assit, heureuse d'avoir trouvé un tel compagnon. Comme deux vieux amis, ils se racontèrent les récents événements de leur vie. Shal rapporta ceux qui avaient provoqué la mort de Ranthor, et, embarrassée, les erreurs qu'elle avait commises pour arriver là où il l'avait rencontrée. Pour finir, elle lui dit ce qu'elle savait de la tour de Denlor.

Tarl lui parla des horreurs qu'il avait affrontées dans le cimetière. Sans savoir pourquoi, il se confia davantage à cette inconnue qu'à frère Tern. Il lui raconta l'atroce agonie des chevaux, suivie de celle de ses compagnons, puis l'apparition du vampire à la peau translucide et à la voix glaciale. Il omit la raison de la perte du Marteau, car il faisait de sa reconquête une affaire personnelle. Il en avait assez dit pour l'instant.

— Je suis désolé de t'importuner avec mon histoire, conclut-il. La mort de mes amis pèse lourd sur mes épaules ; je n'arrive pas à croire que je suis assis là, à te raconter tout cela.

Ne sachant que dire pour le réconforter, Shal resta perdue dans ses pensées.

— Ce qui me tourmente, dit-elle enfin, c'est que je t'ai laissé me soigner, me trouver de quoi m'habiller et où loger sans jamais considérer que tu pouvais avoir tes propres problèmes.

— Assez parlé, mon amie. A table.

Il frappa dans ses mains pour passer commande auprès d'un colosse blond. Il dut insister pour obtenir son attention, car l'homme semblait fasciné par sa compagne. Le serviteur repartit avec la grâce d'un guerrier, ou même d'un voleur, nota le prêtre, malgré sa musculature digne de rivaliser avec celle d'Anton.

Il revint au bout de quelques minutes avec un plateau, et fixa de nouveau la jeune femme.

— As-tu l'habitude de dévisager les clients ? s'exaspéra Tarl.

L'autre rougit :

— Toutes mes excuses. C'est juste que... vous me rappelez quelqu'un, ma dame. Je suis désolé. Permettez-moi de me présenter : Ren... Ren de la Lame.

Il leur serra la main, tête baissée, sans plus oser les regarder.

La femme aurait pu être la sœur jumelle de Tempête. La rencontrer était inquiétant, comme voir surgir un fantôme. C'était bouleversant. Tout ce qui l'avait attiré chez Tempête revivait sous ses yeux : une silhouette bien découpée, un regard ensorceleur, des cheveux roux. Et elle était encore plus jolie...

Ren parti, Tarl s'efforça de réconforter sa nouvelle amie :

— Il a dit que tu lui rappelais quelqu'un. Voilà pourquoi il te dévisageait. Il n'était pas grossier. Au contraire, il a été très poli.

Les deux compagnons découvrirent qu'ils étaient affamés et firent honneur à leur repas.

Tarl surveillait le grand blond du coin de l'œil. Il le vit poser les plats à une table où braillaient des guerriers soûls, sans songer à les servir. Il renversa même de la bière sur l'un d'eux.

Toujours perdu dans ses pensées, le géant blond revint à leur table pour demander le nom de la jeune femme.

Shal pointa un doigt derrière lui sans répondre.

— Attention ! cria Tarl.

Il bondit de sa chaise et se précipita pour intercepter le guerrier qui arrivait derrière Ren, poignard au poing. Ren fit volte-face ; les bras en croix, il fonça pour plaquer le soûlard à terre.

— Ah non, pas *encore* une bagarre ! s'exclama Soth. Le Conseil envoie la Garde à la rescousse. On peut perdre des clients comme ça !

Il bondit, gourdin en main. En quelques instants, la salle fut sens dessus dessous.

Shal vit Tarl expédier un lascar d'une manchette à la nuque ; Ren se battait avec deux guerriers. Le troisième, qui s'était relevé, s'apprêtait à lui décocher un coup de pied dans le flanc. Shal le frappa dans le dos de toutes ses forces. L'homme s'affala sur une table où des malheureux tentaient de finir leur repas dans la tourmente.

— Hé ! Vous savez quoi ! s'exclama la magicienne ébahie, contemplant ses mains. Etre fort a ses bons côtés !

— Ça va, Shal ? demanda Tarl, avant de repousser un autre agresseur d'un coup de pied bien placé.

— Ton nom est donc Shal ? cria Ren, en jetant son adversaire sur un groupe de bagarreurs bruyants, au centre de la mêlée. Aurais-tu de la famille à Eau Profonde ?

— Non ! répondit-elle au-dessus du tohu-bohu. Pourquoi ça ?

Cinq nouveaux guerriers avancèrent sur le trio. Deux femmes armées se ruèrent sur Tarl et deux colosses s'en prirent à Ren, prétendant l'assommer à coups de poings. Le cinquième voulut flanquer un direct dans l'abdomen de Shal. D'instinct, elle se couvrit le visage des avant-bras et tendit tous ses muscles. Le coup ne lui fit rien. Bouche bée, l'homme reçut pour la peine un uppercut en pleine mâchoire, qui le propulsa plusieurs mètres en arrière.

Ren et Tarl s'étaient débarrassés de leurs attaquants à temps pour voir la formidable intervention de la géante.

— Holà, femme ! haleta le jeune prêtre. C'est toi qui devrais nous protéger !

Tarl et Ren échangèrent un sourire complice avant de se tourner comme un seul vers de nouveaux assaillants. Mais il n'y avait plus preneur. Tous paraissaient soudain très absorbés.

— On ferait mieux de sortir ! grogna Ren. La Garde va être là d'un instant à l'autre. On condamne les bagarreurs dans Phlan la Civilisée !

Sept gardes les attendaient aux portes. Ils leur passèrent au cou une sorte de licol attaché à un bâton par une corde, afin de les tenir à bonne distance. Une simple secousse les fit rouler à terre, la respiration coupée. Une autre torsion, et ils furent de nouveau debout.

— Emmenez-les devant le Conseil. Et qu'on nettoie cette porcherie en vitesse ! lança leur chef.

— Même les gardes ont des faiblesses..., murmura Tarl à Ren.

— N'essaie rien, l'ami, répondit le géant. La condamnation pour rixe n'est rien à côté du châtiment encouru pour avoir résisté à la Garde. Ça n'en vaut pas la peine.

— Tout juste, confirma un garde. Maintenant, fermez-la et remuez-vous. Le magistrat vous attend.

*
* *

Porphyrys Cadorna, dixième conseiller, avait rarement l'occasion d'exercer ses compétences. Il y avait toujours neuf sages pour passer avant lui. La nuit cependant, il pouvait juger et condamner les contrevenants à sa guise. Il rêvait de l'avancement qu'il obtiendrait quand sa sagesse serait enfin reconnue.

Porphyrys était le dernier fils des Cadorna, une famille respectée et puissante avant la catastrophe. La fabrique de textiles des Cadorna comptait au nombre des bâtiments et propriétés détruits par l'assaut des dragons, un demi-siècle plus tôt. Ses ruines étaient encore visibles, près du nouveau mur d'enceinte.

A son dernier oncle, sur son lit de mort, Porphyrys avait juré qu'il rendrait son éclat à la famille. Son ambition était de gouverner Phlan. Ayant assez patienté, il était prêt à saisir la première occasion.

Un dixième siège au Conseil était un pas décisif dans la bonne direction. Le Conseil supervisait la vie municipale ; il donnait à Porphyrys l'occasion de fourrer son nez partout. Un conseiller était un véritable monarque.

Le premier d'entre eux était bel et bien un roi.

Des coups à la porte tirèrent Cadorna de sa rêverie.

— Votre dîner, conseiller, annonça l'intendant. Le mage Gensor voudrait vous parler d'un cas qui va bientôt passer en jugement devant vous.

— Qu'il entre.

Gensor était employé par la ville ; il vérifiait les protections magiques, délestait les prisonniers des leurs, et interprétait parfois des événements surnaturels.

En plus de ses fonctions officielles, il travaillait pour Cadorna, qui ne se sentait pas tout à fait à l'aise en sa présence. Ne disait-on pas que les nécromanciens pouvaient lire dans les pensées ?

Le mage en toge noire fit son entrée ; il s'émerveilla une fois de plus de trouver le conseiller en train de manger, alors qu'il était mince et sec comme un lézard. Gensor ne l'aimait guère, mais Cadorna était un homme dont il fallait tenir compte.

— Que se passe-t-il, Gensor ? Tu ne vois pas que je suis occupé ?

Le sorcier sourit, pensant que l'autre plaisantait :

— J'ai cru nécessaire d'avoir un entretien avec toi. Un trio inhabituel va être jugé cette nuit. Il y a un garçon, serveur au *Gobelin Rieur*, une nouvelle venue et un prêtre de Tyr.

— Et alors ? Viens-en au fait !

Interprétant son impatience comme une attitude affectée, le mage prit son temps :

— Tu dois savoir que le serveur dégage une magie puissante, bien qu'isolée.

— Comment ça « isolée » ?

— Cela provient de ses bottes. Or, je suis sûr que ce n'est pas un thaumaturge.

— Qu'il porte un objet magique n'a rien d'extraordinaire.

— Comme je l'ai dit, c'est très puissant. De plus, la femme irradie la magie comme un phare dans la nuit. J'ignore la nature de son pouvoir, mais je n'ai jamais rien vu de semblable. Le prêtre, lui, est normal. Mis à part son symbole sacré, il n'a rien de magique. (Il pouvait presque voir les pensées s'entrechoquer dans la tête de Cadorna.) Autre chose : ces trois inconnus ont des carrures d'athlètes impressionnantes. Je crois qu'ils pourront t'être des plus utiles, dans la situation actuelle.

— Merci, Gensor. Très bien. Tu peux te retirer.

Techniquement, il aurait dû passer l'affaire au premier conseiller. Ou, à la rigueur, au huitième conseiller, lui-même prêtre de Tyr.

Mais Gensor avait raison : ces trois-là pouvaient lui rendre de grands services. S'ils survivaient à l'épreuve du fortin de Sokol, ils seraient dignes d'accomplir les tâches qu'il avait en tête...

Il veilla à ce que sa tenue soit irréprochable. Intimider était critique quand on rendait des jugements ; cela exigeait qu'on soit parfait. Sa dague empoisonnée, dissimulée dans un pli de manche, était maintenue en place par un bracelet d'or frappé aux armes des Cadorna : un serpent autour d'une navette de tisserand. Un homme de son rang n'était jamais trop prudent.

Dans la salle d'audience, il lui plut de voir la foule venue assister aux jugements. Sa réputation croissante drainait un vaste public. La première affaire opposait deux ordres de prêtres qui s'accusaient mutuellement de détourner leurs adorateurs. Le juge n'y prêta qu'une oreille distraite.

Il étudiait les membres du fameux trio, s'attardant sur leurs musculatures imposantes. Il détestait les hommes de grande taille, et il aimait les femmes menues et dociles. Le prêtre de Tyr était bel homme. Une chevelure blanche était des plus surprenantes chez quelqu'un d'aussi jeune.

Cadorna se redressa. S'il voulait les manipuler, il devait d'abord faire impression.

Il reporta son attention sur le plaidoyer en cours :

— Que disais-tu, chanoine ? Je n'ai pas entendu ton nom, désolé.

— Dessel, Votre Honneur. Chanoine Dessel. Honorable conseiller Cadorna, ces luttes entre nos temples doivent cesser. Personne n'a intérêt à de telles chamailleries.

— Oui, j'en conviens tout à fait, et je pense tenir la solution. (Cadorna se leva, et, imitant le premier conseiller, fit un geste théâtral du plus bel effet.) Un prêtre de chaque temple doit être dépêché sur les fortifications. Il passera trente jours à soigner les gardes blessés lors des attaques de monstres. A chaque nouvelle querelle, un nouveau prêtre sera assigné à la même tâche. De la sorte, ou les deux temples mettront vite un terme à leur différend, ou il ne restera plus beaucoup de prêtres pour remplir leurs offices. Entre-temps, bien sûr, vous servirez notre cité.

La salle se mit à murmurer. Un peu inquiet, Cadorna fut rasséréné en voyant les hochements de tête approbateurs et les sourires. Plusieurs prêtres des deux camps avancèrent pour se serrer la main ! Le juge se félicita.

— Shal Bal de Cormyr, Tarl Desanea de Vaasa et Ren de la Lame d'Eau Profonde, annonça-t-on ensuite, comparaissent maintenant pour une affaire de rixe.

Porphyrys Cadorna les toisa de son air le plus condescendant :

— Ceci est la chambre du Conseil de la cité de Phlan. Vous êtes ici en raison de votre mauvaise conduite. Je vous écoute. Je passerai jugement ensuite.

Ren écoutait à peine, trop occupé qu'il était à penser à ses nouveaux compagnons. Shal était peut-être une parente de Tempête, comment savoir ? Parente ou non, il était subjugué par la jeune femme, et très impressionné par le prêtre. Tarl n'avait eu aucune raison de se joindre à la bagarre. Il aurait pu courir se réfugier dans son temple.

Cette nuit avait eu un goût étrange et artificiel pour la magicienne - comme une pièce de théâtre entrevue des coulisses dans laquelle elle aurait pourtant eu un rôle.

Terrifiée par les gardes, elle avait failli recourir au Bâton de Pouvoir. Le calme relatif de ses compagnons l'avait dissuadée d'agir sans réfléchir. Les manières du juge la rassuraient ; il paraissait juste et impartial. Quelle que soit la sentence, elle espérait qu'elle serait brève. Elle avait prévu d'être à la tour de Denlor le jour suivant, après une bonne nuit de repos. Mais cela était manifestement compromis.

Ren avait vu les prêtres de Sunie et de Tempus se quereller dans les rues. Il était impressionné par la sagesse du jugement dont l'intérêt était double : le bien des temples, et celui des cités. Pourtant, il n'était pas convaincu de la valeur de Cadorna. Ses premières impressions sur les gens étaient rarement fausses. Il se sentait à l'aise en compagnie de Shal et de Tarl, comme s'ils s'étaient toujours connus ; rien de tel avec Cadorna. Il avait conscience de l'hypocrisie du personnage, commune à tous les chefs politiques.

— Vous trois avez provoqué une bagarre à l'auberge du *Gobelin Rieur*. Comment plaidez-vous ?

— Coupable, conseiller, répondit Ren, la tête haute.

Si les choses tournaient mal, il pourrait toujours jouer la fille de l'air grâce à ses talents de grimpeur. La pire sentence était d'être jeté hors de la ville la nuit, mais il paraissait improbable qu'on l'applique à un délit mineur. On les mettrait sans doute en cellule quelque temps.

— Coupable, conseiller, répondit Tarl.

Le grand prêtre du temple de Tyr faisait partie du Conseil. Il pourrait plaider la clémence en sa faveur, en cas de nécessité.

— Coupable, si se défendre et essayer de fuir une rixe qu'on n'a pas provoqué est un délit, conseiller, répondit Shal.

Il y eut des sourires dans la salle, même parmi les jurés.

— Oui, eh bien... cela étant..., bafouilla Cadorna, interloqué par leur assurance, la principale fonction du Conseil n'est pas de punir les contrevenants, mais de leur donner l'occasion de servir la communauté. Nous leur confions mission de vaincre le mal qui rôde la nuit dans les ruines. Ce sera votre cas. L'île de l'Epine, au sud, est depuis trop longtemps boudée par les marchands de Phlan. On rapporte que des monstres ont élu domicile au fortin de Sokol, l'édifice qui occupe presque toute la superficie de l'île. Ils rendent toute navigation côtière impossible, dit-on. Vous êtes chargés de découvrir la nature du mal, et de revenir avec les informations susceptibles de libérer l'île de ce joug. En cas de réussite, vous serez récompensés par le Conseil. Vous êtes libres jusqu'à nouvel ordre.

En retournant au *Gobelin Rieur*, les trois compagnons échangèrent nerveusement leurs expériences guerrières, et se préparèrent mentalement à leur périple, comme de vieux amis. Tarl et Shal répétèrent leur récit pour Ren. Arrivé à l'auberge, le voleur regagna sa chambre. Tarl raccompagna leur amie à la sienne, avant de repartir pour le temple, goûter jusqu'à l'aube l'hospitalité de ses frères.

CHAPITRE V

LE FORTIN DE SOKOL

Ils passèrent une mauvaise nuit. Shal était venue à Phlan pour venger Ranthor. Elle n'avait même pas pu se rendre à la tour de Denlor.

Au temple, Tarl était retourné voir Anton, qui avait prononcé deux mots : « non », et « mourir ». Son regard était celui d'un possédé. Tarl ne put s'empêcher de penser qu'il était condamné. Pour apaiser son sentiment de culpabilité et d'impuissance, il devait se préparer mentalement et spirituellement à retourner au cimetière. Il n'avait pas prévu qu'il serait « réquisitionné » pour se rendre sur l'île de l'Epine, mais il ferait de son mieux.

Ren était enthousiasmé par cette expédition. Pour la première fois en un an, il avait un objectif en tête. Qui plus est, il serait en bonne compagnie.

Peu avant l'aube, Tarl s'éveilla et prépara son équipement, comme le voulait la coutume : il médita sur la juste valeur de ses mobiles, puis se concentra sur la bravoure et la compétence dont il devrait faire preuve en l'honneur de Tyr.

Sa méditation rituelle fut émaillée de souvenirs : les cris de ses frères livrés aux morts-vivants, le vampire qui s'était joué de lui, l'humiliation de lui avoir remis le Marteau sacré de Tyr, et le cauchemar d'Anton, tordu de souffrances, tandis que l'emblème sacrilège des Enfers vrillait sa chair.

Tarl chassa ces mauvaises réminiscences et adressa une dernière prière à son dieu, le remerciant de lui avoir adjoint d'aussi bons compagnons.

Les premiers rayons de soleil le réchauffèrent. Il s'étira, savourant la sensation d'une cotte de mailles bien adaptée à son corps. Armé de sa sacoche, de son bouclier et d'un marteau de guerre, il alla retrouver ses amis - et son destin.

*
* *

Ren aussi observait un rituel - celui du ranger reconverti en voleur. Il vérifia le tranchant de la paire de dagues au pommeau serti de joyaux, qu'il dissimulait dans ses bottes. C'étaient des souvenirs doux-amers de Tempête. Elle les lui avait données quelques années plus tôt. Plus tard, il avait enfermé dans les gardes creuses deux pierres *ioun* - celles pour lesquelles on l'avait tuée.

Il inspecta aussi ses crochets pour serrure, et son matériel : *flacon de feu*, huile pour gonds, grappins et cales de porte. Tout paraissait parfait. En revanche, ses neuf dagues et ses deux épées courtes avaient besoin d'être affûtées. En tant que ranger, sa préférence allait à l'arc long et à l'épée. Mais depuis qu'il s'était fait voleur à Eau Profonde en compagnie de Tempête, il préférait les armes de contact.

Après avoir vérifié le reste de son équipement, il sortit un petit coffret incrusté d'ambre. Il désarma les trois pièges et ouvrit le couvercle.

Une sensation comparable à une décharge d'adrénaline le fit frissonner quand il toucha les gantelets ensorcelés.

Il les enfila : leur couleur d'un noir profond imita celle de sa chair basanée, les rendant invisibles sur sa peau. Il cala son ustensile préféré dans sa paume droite. L'objet disparut aussi. Il glissa un sachet de poudre à éternuer sous son gant magique : il n'y eut pas la plus petite boursouflure pour trahir sa présence. Ces gants protégeaient ses mains. Plus important, ils lui octroyaient une vitesse et une dextérité accrues.

Ren fit craquer ses jointures, puis attrapa son armure de cuir noir. Il sourit en soulevant la veste qui pesait le poids d'une plume. Il se souvenait du jour où Tempête l'avait volée pour lui - et de la nuit où elle l'avait ôtée de ses épaules...

Il siffla doucement en croisant son reflet dans une surface polie.

— C'est pour toi, Tempête, murmura-t-il. Et quand j'en aurai fini, je coincerai le salaud qui t'a tuée...

Il entama une série d'exercices d'assouplissement. Shal Bal les aurait identifiés comme une transe de relaxation. Tarl y aurait vu une stimulation musculaire. Pour Ren, c'était simplement la dernière phase de sa préparation.

*
* *

A l'instar de Tarl, Shal s'était levée avant l'aube et avait mémorisé les sortilèges susceptibles de lui servir. Le dernier était la Toile d'Engluement. Elle trouva facilement les ingrédients nécessaires dans le Tissu des Nombreuses Poches.

— Cette mission n'est pas ce que j'avais en tête, dit-elle à voix haute, mais ce sera une aventure. Ma première dans le monde « réel ». Je ne crois pas que tu aies pensé à « l'équipement du parfait petit aventurier », n'est-ce pas, Ranthor ?

Stupéfaite, elle retira du tissu enchanté une paire de dagues, une torche à l'extrémité éternellement brillante, une étrange ceinture aux poches apparemment innombrables, une bourse de cuir remplie des ingrédients magiques les plus usités, un petit sac de farine qui l'étonna, et un minuscule parchemin signé de la main de Ranthor : *La farine sert à révéler l'invisible. Tu devrais le savoir, apprentie.*

— Tu me connaissais si bien, soupira-t-elle. J'aurais aimé que tu rencontres mes deux nouveaux amis.

Elle se prépara au test qu'elle allait devoir passer avant de se rendre à la tour de Denlor. Tarl et Ren l'aideraient-ils, s'ils revenaient sains et saufs du fortin de Sokol ?

Elle rangea ses affaires dans l'étrange ceinture, qu'elle boucla autour de sa taille, devenue deux fois plus large. Le bâton d'un mètre cinquante ne posait pas de problème particulier. Elle rit à la pensée de l'utiliser contre des ennemis bien vivants.

— Oui, Ranthor, c'est bien moi ! Moi qui avais peur du sortilège des Mains de Feu !

Ren bavardait avec Soth quand Shal descendit dans la taverne. Elle avait relevé en chignon la masse de ses beaux cheveux. Cela mettait en valeur ses pommettes hautes, sans atténuer pour autant le flamboyant de sa chevelure. Tempête ne s'était jamais coiffée ainsi. C'était saisissant ; pour la première fois, le géant la vit comme une personne différente.

— Bonjour, Shal. Tu es resplendissante !

Empourprée, elle sourit, puis fut frappée à son tour par ce qu'elle découvrait.

Le voleur-ranger, hier ensaqué dans une tunique informe, était vêtu de pied en cap de cuir noir ajusté. Son physique était impressionnant ; ses cheveux blonds peignés cascadaient sur ses épaules. Le bleu profond de son regard était accentué par les gemmes serties dans ses épaulettes.

Elle remarqua aussi, ingénieusement dissimulé, tout un arsenal. Placés de façon à être rapidement saisis, elle compta des couteaux, des dagues, deux épées courtes, et plusieurs objets inconnus.

— Je... je te reconnais à peine, bafouilla-t-elle.

— Moi aussi, souligna Soth. Quelle équipe... J'imagine que je vais devoir engager un nouveau serveur. Non que je doute que vous en reveniez, bien sûr... Mais, je vois que tu as mieux à faire qu'astiquer des tables et porter des plateaux.

Ren sourit ; Shal l'imita avant de se rendre compte qu'il était tout à fait possible qu'ils soient tués. Elle partit s'occuper de Céruléen, qu'elle avait complètement oublié, s'aperçut-elle avec horreur.

Avant qu'elle atteigne l'écurie, le familier se mit à la bombarder de remarques sarcastiques :

— *Oh sûr, en route pour l'aventure ! Et tu vas me laisser dans cette auge à cochons. Non, pire : tu as oublié mon existence ; une monture magique et loyale, prête à te servir au mépris des dangers...*

— Céruléen, je suis désolée, j'étais si bousculée par les événements que je n'ai pas pensé à te tenir au courant du voyage que je dois faire...

— Bonjour, Shal, salua Tarl qui arrivait avec un sac d'avoine. Tu fais des excuses à ton cheval, maintenant ?

— Mais ce n'est pas un cheval...

— *Ah, parce que je n'en suis pas un ?*

— ... Je veux dire, oui, c'est un cheval, mais c'est aussi plus que cela... Oh, je ne sais plus ! Pourrais-tu nous excuser une minute, Tarl ?

Il lui jeta un regard bizarre et haussa les épaules. Il sortit à pas lents, bougonnant dans sa barbe :

— Pas de problème, Shal. Je ne vaux pas un « bonjour ! », mais le cheval a droit à un entretien privé avec toi. C'est très bien...

Aussitôt seule, elle insista :

— Tu ne peux pas m'accompagner, Céruléen, on prend un bateau. On devra sans doute escalader des murailles. Il n'y a pas de place pour...

— *Pas de place pour moi ? As-tu déjà oublié ce que Ranthor t'a appris ? Non qu'il me plaise d'être enfermé dans cette chose, note bien. Comme je te l'ai dit, il fait affreusement noir là-dedans. Mais si je ne suis pas du voyage, je ne pourrai pas te prévenir du danger.*

Shal leva les mains au ciel. Voilà qui ébranlait son sentiment d'avoir les choses bien en main. Comment pouvait-on être distrait à ce point ? Elle prit le tissu enchanté et le tint devant l'équidé. Il lui demanda simplement de s'écarter. Elle se plaqua contre le mur. Horrifiée, la magicienne le vit gratter le sol du sabot, puis foncer sur elle pour disparaître au dernier instant dans une des poches ensorcelées.

— *Je hais ce truc. J'espère que tu sais pourquoi, maintenant.*

— *Tu* hais ce truc ! Je me demande comment Ranthor n'a pas succombé à une crise cardiaque ! J'espère que tes entrées dans le monde extérieur sont moins spectaculaires. Au fait, peux-tu ressortir sans mon intervention ?

— *Il fallait que tu poses la question... Oui, c'est possible - tant que tu ne t'y opposes pas.*

Elle remit le tissu dans sa ceinture, et s'abstint de tout commentaire verbal. Elle s'essaya plutôt à la télépathie :

— *Je ne t'en empêcherai pas. Mais si je te retrouve sur mes genoux au moment le plus incongru, sois certain que tu retourneras dans le noir très vite. Compris ?*

— *C'est très clair, Maîtresse.*

— *Et ne ricane pas !*

Le familier se tut.

*
* *

La magicienne revint prendre son petit déjeuner en compagnie de ses amis. Amusé, Soth vit les deux hommes trébucher dans leur empressement à tirer une chaise pour leur amie. Trop préoccupée par son apparence physique, elle ne songea pas à *toutes* les implications de leur galanterie.

— Soth, déclara Ren, dit que son grand-père faisait partie de la garde au fortin de Sokol, du temps des dragons.

— Il y était, coupa l'aubergiste, mais pas de service quand les dragons attaquèrent. Sinon, il n'aurait jamais pu transmettre ceci à mon père.

Il tira un lourd médaillon de bronze de sous sa chemise.

— Puis-je le voir ? demanda Tarl, stupéfait. (Soth le lui tendit.) Sais-tu ce qu'est ce médaillon ? s'exclama-t-il, examinant les inscriptions à l'avers et au revers.

— Non, pourquoi ? Je n'ai jamais su la signification de ce symbole. Mais j'y ai toujours beaucoup tenu depuis que je suis gosse.

— C'est le symbole sacré de Tyr, le dieu que je sers, dit le prêtre, approchant le bijou de son propre médaillon.

Le graphisme était identique dans les deux cas :- un marteau de guerre couronné d'une balance. Mais les runes gravées au dos étaient différentes.

— Ton grand-père devait être un prêtre de Tyr appartenant à une secte dont j'ai entendu parler. Elle était réputée pour la pureté de son dogme.

— Tout ce que je sais, c'est qu'il était de garde sur l'île de l'Epine ce jour-là. Je n'ai jamais fait le rapprochement avec le temple de l'île. Ce médaillon vous serait-il de quelque utilité ?

Tarl sentit son cœur bondir :

— Absolument ! La puissance divine se projette à travers de tels symboles. Ils protègent ceux qui les utilisent.

— Eh bien, puisque vous allez partir dans un endroit infesté de fantômes et d'esprits, pourquoi ne pas le prendre ? Tu pourras me le rendre si... *quand* tu reviendras.

— Merci du fond du cœur ! s'exclama le jeune prêtre. J'en ferai bon usage !

— Bah ! Vous allez affronter de vrais démons. Allez-y, avant que la Garde vienne vous chercher par la peau du cou !

Poussé par une énergie nouvelle, le trio se rendit rapidement au port. Au soleil, la Mer de Lune et le sud-est de la Baie de Phlan scintillaient d'un bleu nuance tourmaline. A l'est, le Stojanow déversait ses eaux putrides dans la baie.

Ils n'eurent besoin d'aucune aide pour repérer l'île de l'Epine, ni pour comprendre la raison qui tenait les voyageurs éloignés de ses côtes. Une ombre immense planait sur l'île sinistrée. Les murailles carbonisées du fortin se distinguaient encore au bord des petites falaises qui formaient le contour de l'île.

Shal regardait avec un mélange de peur et de curiosité.

— Mon maître me parlait de ces endroits, plongés dans des ténèbres telles qu'ils paraissent gris même en plein jour. Selon lui, c'était un signe indéniable de la présence de morts-vivants.

Tarl blêmit. Plutôt affronter une armée d'orcs qu'un autre spectre, une *âme en peine*... ou un vampire.

— Shal, je veux que tu le portes. (Il lui tendit le médaillon de Soth.) J'ai le mien. Je protégerai Ren si nous devons combattre des morts-vivants, mais je ne suis pas assez fort pour les tenir éloignés de vous. J'ignore l'étendue de tes pouvoirs. Sûrement que cette protection supplémentaire te sera utile.

La magicienne passa le bijou à son cou.

— Merci, Tarl.

— Allez, vous deux, dit Ren. Si nous ne sommes pas prêts maintenant, nous ne le serons jamais.

78

Le voleur scruta les bâtiments amarrés. Personne n'accepterait de les mener sur l'île. Ils allaient devoir acheter une embarcation.

Une heure plus tard, Ren dénicha finalement un vieux loup de mer qui consentit à se défaire d'une vieille barque contre cinq pièces d'argent.

Le marin rit aux éclats - il ne reverrait jamais ces trois-là...

A l'instant où ils allaient embarquer, un héraut vint annoncer l'arrivée de Porphyrys Cadorna, dixième conseiller de Phlan. Une foule curieuse se pressa aussitôt autour d'eux.

Cadorna tira sur la bride de son cheval et s'arrêta en face du trio. Il émit un long sifflement.

— Je suis impressionné. Peut-être serez-vous le premier groupe à mériter la confiance du Conseil. Vous avez pour mission, je vous le rappelle, de découvrir le secret de la force maléfique qui interdit l'accès de l'île de l'Epine aux navires marchands.

Ren ravala une repartie caustique. Il ne gagnerait rien en s'aliénant le conseiller. A tout le moins, on ne les avait pas chassés de la cité à la nuit tombée, comme certains criminels.

— Au fait, il est venu à mon attention que le Seigneur des Ruines en personne avait eu vent de votre incursion. Il vous enverra de la racaille en guise de comité d'accueil : orcs, gobelins, kobolds, peut-être... Rien dont vous ne puissiez venir à bout à vous trois.

— Le Seigneur des Ruines ? demanda Shal.

— Les hordes de monstres qui infestent les parages sont à l'évidence contrôlées par quelque chose ou quelqu'un, autrement, elles se seraient massacrées à l'heure actuelle, expliqua Cadorna. Les gobelins, les orcs et les autres humanoïdes que nous capturons parlent d'un « Seigneur des Ruines », leur chef. Son pouvoir serait immense. Naturellement, il est notre ennemi acharné.

Cadorna fit une pause, comme s'il attendait une réaction. Mais il n'y en eut aucune, et il poursuivit :

— Mais je suis certain que le Seigneur des Ruines n'a aucun moyen de s'opposer vraiment à un groupe tel que le vôtre.

— Merci, conseiller, dit Shal, réconfortée par sa visible confiance en eux. Quand même, tout cela n'est guère encourageant.

Le magistrat afficha son expression de sympathie la plus sincère.

— Je vous mentirais si je vous disais que vous n'avez rien à redouter. Depuis que j'occupe mon poste, quatre expéditions n'en sont jamais revenues. Mais je crois sincèrement que vos chances sont meilleures. Je suis ici pour m'assurer que vous exécutiez la sentence, bien sûr, mais surtout pour vous souhaiter bonne chance.

Shal et Tarl firent la révérence d'usage ; Ren sauta dans l'embarcation pour se préparer à larguer les amarres.

*
* *

Cadorna les regarda s'éloigner. Peut-être étaient-ils ceux qu'il attendait depuis des lustres. Cela faisait trop longtemps qu'il guettait l'occasion de redorer le blason familial. En cas de réussite, ils seraient récompensés par le Conseil. Phlan prospérerait grâce au trafic maritime ; lui cueillerait les lauriers de l'expédition. Et Seigneur des Ruines le remercierait d'avoir tenté de le prévenir ! Cela s'appelait gagner sur tous les tableaux.

Cadorna frissonna en songeant aux indignités qu'il subissait pour communiquer avec ce mystérieux ennemi, par l'intermédiaire des gobelins baveux. Mais en récompense de son avertissement, une entrevue des plus prometteuses avait été arrangée avec une jeune femme sensuelle aux yeux de biche qui se trouvait être la fille du premier conseiller de Thentia. Ah, quand viendrait le jour où le Seigneur des Ruines serait celui qui lui enverrait des messages !

*
* *

A l'instant où la barque pénétra l'ombre qui planait au-dessus de l'île, Shal eut la respiration coupée. Ses compagnons aussi.

D'une voix étranglée, symbole sacré au poing, Tarl entonna :

— Bénis-moi de la force de ta foi, Tyr. Donne-nous le pouvoir d'affronter les ténèbres qui règnent ici.

Coïncidence ou non, ils respirèrent mieux.

Sa prière avait pour origine sa propre terreur. Cette bouffée d'angoisse lui avait rappelé son impuissance, au cimetière. Les morts-vivants semblaient sucer l'énergie vitale de leurs victimes ; ils faisaient de la respiration et des battements de cœur une affaire de volonté et non un mécanisme réflexe. Tarl se méprisait de n'avoir pu secourir ses frères quand ils avaient eu besoin de lui. Il s'adressa à son dieu, dans le secret de son cœur :

Ma prière est née de ma terreur. Tu y as pourtant répondu. Que ce jour voie le consolidement de ma foi, l'enrichissement de mon expérience, pour que je puisse Te servir et Te rendre ce qui T'appartient.

Il releva la tête et désigna à ses amis une brèche dans les rochers. Il proposa de sauter à terre pour guider leur embarcation dans les récifs. Shal éclata de rire ; Ren avait pâli au cours de la traversée. Aucun d'eux n'était à l'aise en mer.

Ren mania les avirons ; en quelques instants, l'antique embarcation se fraya un passage jusqu'à une bande de sable.

Ne restait plus qu'à escalader les petites falaises qui faisaient de l'île une forteresse naturelle.

— Il y a un escalier de pierre par là, dit Tarl.

— Pourquoi ne pas aller frapper à la porte et demander s'il y a quelqu'un ? proposa Ren.

— Garde tes sarcasmes ! siffla Shal. Une autre idée ?

Le voleur sortit un de ses outils préférés : un grappin accroché au bout d'une corde.

— Simple mais efficace. Je suis d'avis de suivre la côte sur environ deux kilomètres, puis de choisir un endroit isolé pour l'escalade.

— Entendu, dit Tarl.

Il était inutile d'annoncer leur arrivée au comité d'accueil local.

L'air était d'une immobilité anormale. En chemin, ils remarquèrent plusieurs épaves, jonchées de cadavres décomposés depuis des semaines, sinon des mois.

— Ils ont dû être surpris par des tempêtes. J'ai entendu dire que l'île était presque invisible la nuit, observa Ren.

Il lança son grappin et testa la solidité de l'encrage de tout le poids de son corps.

— Après vous, dit-il à ses compagnons avec une courbette.

— Je... je ne vais jamais réussir ! bafouilla Shal. Je ferais mieux d'utiliser un sort de Saut ou de Pattes d'Araignée, car je n'ai pas assez de force dans les bras.

— Tu n'as pas assez de forces dans les bras ? s'exclama Tarl. Alors autant retourner affronter Cadorna, car Ren et moi n'y arriverons pas non plus !

Shal jeta un coup d'œil dégoûté sur ses bras musclés :

— Merci, Tarl ! Bientôt je vais pouvoir faire un bras-de-fer avec un dragon ! Le problème, c'est que les troncs d'arbre qui ont poussé sur mon corps sont mes bras ! (Elle lut leurs pensées sur leur visage :) Cessez de vous apitoyer, vous deux. Vous avez raison, je peux grimper à cette maudite corde.

Sans effort visible, elle atteignit rapidement le sommet.

Ren en resta bouche bée. Tarl arborait la même expression perplexe.

— Tu penses qu'on devrait suivre cette femme ? demanda Ren, le nez en l'air.

Sans répondre, le prêtre saisit la corde. Les trois amis ne tardèrent pas à se retrouver face aux murs calcinés de l'ancienne forteresse de Sokol.

Les moisissures, les mauvaises herbes et les arbustes faisaient de leur mieux pour infiltrer la pierre. A l'extrémité de la structure en ruine, le trio vit le haut de l'escalier repéré par Tarl. Il menait à un portail de bois tombé en décrépitude.

— Sans ce voile noir, remarqua Shal, l'endroit serait presque plaisant. Ça semble si paisible.

— L'aura du mal y est très forte, chuchota Tarl. Tu ne la sens pas ? On n'abusera personne en essayant d'entrer par une porte dérobée.

— Peut-être pas, murmura Ren. Mais je crois qu'on devrait prendre notre temps, et bien visualiser les lieux avant de continuer.

— Non, dit Shal. Tarl a raison. S'il y a des morts-vivants, on ne les surprendra jamais, quoi qu'on fasse.

— D'accord, princesse, fit Ren, surpris par sa véhémence. Tout ce que tu voudras. (Passer par la porte d'entrée insultait tous ses instincts de voleur ; il dégaina une épée courte.) Suivez-moi, essayez de ne pas laisser de trace.

Ren frôla les herbes hautes sans les déranger. Shal et Tarl n'avaient pas sa grâce naturelle. Brutalement, le ranger s'immobilisa.

A dix pas de lui, une main squelettique jaillit du sol. Des mottes de terre volèrent de tous côtés : un squelette en armure de cuir surgit. Des centaines de scarabées, de punaises et d'asticots grouillaient sur lui. Les vers dégoulinaient de l'orifice béant de sa bouche.

Tarl domina sa panique et chargea l'immonde créature, symbole au poing :

— Meurs ! Retourne au repos éternel !

Le squelette s'immobilisa et s'effondra.

Ren tâta du pied l'armure décomposée.

— Par les dieux, Ren, que fais-tu ? s'exclama la magicienne.

— Je regarde s'il y a des objets de valeur, pardi !

— Tu ne peux pas voler les morts ! s'écria Tarl avec force.

— C'est... c'est sacrilège ! renchérit Shal.

— Ça ne peut pas faire plus de mal que de voler

des vivants. Que croyez-vous que ça lui fiche à lui ?

Ren remarqua alors que les doigts du zombi étaient fermés sur quelque chose. Il leur arracha une lourde chaîne de bronze.

— Joli travail, frère Tarl. Je crois que tu viens d'occire un messager amical. Jette un coup d'œil à ça.

Tarl regarda, horrifié, le médaillon qui pendait au bout de la chaîne. Le guerrier mort avait tenté de le leur offrir pour les protéger. Il était identique à celui de Soth, et immaculé en dépit des années passées sous terre. Tarl avait laissé la peur l'aveugler.

Il leva les yeux au ciel.

— Grand Tyr Ambidextre, dieu de Justice, Tu as de nouveau donné un signe de Ta présence à Tes fidèles. Pardonne-moi de ne pas avoir reconnu Ton messager.

Il tendit ensuite le médaillon à Ren :

— C'est pour toi. Tu n'avais pas besoin de le voler. Il désirait que tu le portes.

*
* *

Les portes de bois n'avaient pas résisté à l'érosion du temps et des éléments. D'une chiquenaude, elles s'ouvrirent sur une cour jonchée de débris. Des tables pourrissaient à ciel ouvert dans ce qui avait dû être la salle principale du bâtiment central. Le seul édifice en pierre, le temple, s'élevait encore dans le coin gauche du fort à l'abandon.

D'épaisses herbes folles proliféraient, nourries de

la chair et du sang des malheureux tués par les dragons. Ils avaient dû mourir en hurlant de terreur, comme les compagnons de Tarl au cimetière maudit. Pas étonnant qu'une ombre noire planât sur ces lieux sinistres !

— Quelque chose est là, quelque chose de vivant, dit doucement Ren. Voyez ces herbes écrasées ? Il y a aussi une odeur particulière. Vous vous souvenez de ce qu'a dit Cadorna ? Le Seigneur des Ruines va nous envoyer des troupes.

Ils n'avaient pas fait quinze pas que des mottes de terre volèrent dans les airs. Des hurlements et des gémissements assaillirent leurs oreilles ; des dizaines de squelettes, épée pointée vers le trio, surgirent du sol.

— Ce sont des prêtres-guerriers au service de mon dieu ! s'écria Tarl. Brandissez vos médaillons vers eux !

Des bras osseux se tendirent vers Shal, qui sentit son sang se glacer. Son corps ne lui obéissait plus. Sa respiration se fit heurtée. Elle dut lutter pour retrouver l'usage de ses bras et de ses jambes.

— Ils voient nos médaillons, s'exclama Ren, et ça ne les arrête pas ! Il faut déguerpir !

Il repoussa un squelette ambulant d'une lame, et trancha net une main posée sur le bras de Shal.

— Derrière toi ! hurla-t-elle.

Un grand squelette s'apprêtait à le frapper de son épée rouillée.

Faisant volte-face, il bloqua le coup de ses deux épées courtes, mais perdit l'équilibre dans une des tombes. Instantanément, un cadavre à demi déterré le saisit à la cheville. Ren crut qu'il allait lui cisailler la jambe.

Deux guerriers d'outre-tombe avaient pris Shal par un bras et tiraient chacun dans le sens opposé.

Tarl, lui, était envahi par la terreur des mourants, vieille de cinquante ans. Des dizaines, sinon des centaines de ses frères étaient morts ici, fauchés avant d'avoir vécu. Comme Tarl, ils n'avaient pas eu le temps d'accomplir leur destinée. Leurs hurlements étaient les siens, leur douleur aussi. Son esprit était assailli par une kyrielle de messages ultimes jamais reçus par leurs destinataires ; des émotions allant de la panique au remords et au soulagement tourbillonnèrent dans son cerveau.

Il brandit son symbole à bout de bras.

— Soyez en paix, mes frères ! cria-t-il d'une voix ferme. Aussi vrai que Tyr me regarde, nous ne vous voulons aucun mal !

Il répéta le message, laissant les reflets du médaillon toucher chaque zombi. Les uns après les autres, ils baissèrent leur arme et lâchèrent leurs prisonniers. Ils restaient agités, mais sans chercher à faire du mal aux vivants.

— Pfff ! souffla la jeune femme. J'avais entendu parler de prêtres capables de maîtriser des morts-vivants, mais je n'aurais pas cru qu'un seul puisse détourner toute une armée !

— Quelque chose ou quelqu'un contrôle ces hommes, mais je pense que nous pourrons explorer les lieux en paix.

Encore à terre, Ren frissonna de révulsion au mot « hommes ». Tarl trouvait des caractéristiques humaines à ces monstres décomposés, grouillant de vers.

— Mes jambes et mes chevilles sont ankylosés par le froid, dit le géant blond.

Shal se précipita et dégagea ses jambes : il avait plusieurs anneaux de peau presque nécrosée sur les chevilles. Elle arrêta le prêtre d'un geste :

— Non, Tarl, économise tes forces. J'ai ce qu'il

faut. (Elle prit à sa ceinture une potion donnée par Ranthor.) Nous aurons besoin de toi si l'un de nous est sérieusement blessé. Voilà qui devrait faire l'affaire pour des gerçures.

Elle appliqua l'épais liquide sur les anneaux de peau blanchie ; en quelques secondes, ils virèrent de nouveau à un joli rose.

Ren n'oublierait pas de sitôt la poigne glaciale du mort-vivant. Marcher au milieu des zombis, médaillon ou non, le rendait nerveux ; il se força à ouvrir la marche. Un petit nombre de morts-vivants suivit le trio ; quelques-uns s'allongèrent sur ce qu'il restait des lits rangés le long des murs en ruine.

— Que... que font-ils ? demanda Shal, nauséeuse.

— Ils nous montrent comment ils sont morts, expliqua Tarl, éprouvant de nouveau leur angoisse et leur horreur. Beaucoup ont été tués dans leur sommeil. On ne leur a pas laissé la moindre chance...

*
* *

A l'autre bout du bâtiment, ils ne trouvèrent rien de plus. Mais ils avaient gagné une escorte supplémentaire d'êtres couverts de fougères et de terre. Les zombis semblaient les pousser en avant, même s'ils s'abstenaient de les toucher. Les aventuriers entrèrent avec précaution dans l'édifice suivant. Une dizaine de zombis les précédèrent avec force gémissements et cris.

— Les quartiers des frères supérieurs, expliqua Tarl. Ces spectres souffrent de n'avoir pu sauver ceux qu'ils avaient juré de protéger.

Devant eux, encore intacte et belle, se dressait une double porte sculptée aux armes de Tyr : le marteau et la balance. Ren avança, circonspect.

Tarl et Shal suivirent. Ce fut alors que la langue d'une grenouille géante jaillit, s'enroula autour de la jambe du voleur et le fit trébucher. Tarl se rua pour fracasser le crâne du monstre d'un coup de marteau. L'arme glissa sur la peau gluante. Il fallut deux autres coups avant que la créature s'effondre, terrassée. Ren bondit pour lui trancher la langue, puis affronta six autres amphibiens géants. Sa dague glissa, elle aussi, sur la peau visqueuse du premier.

Shal entonna une incantation, lança une pincée de poudre et tendit la main. Aussitôt, la grenouille fut réduite à sa taille normale. Ren la projeta d'un coup de pied dans la gueule de la suivante, qui l'ingurgita.

Les autres se lancèrent dans une danse rocambolesque, destinée à paralyser leurs proies de terreur. L'écœurement rendit les aventuriers frénétiques ; Tarl se mit à donner du marteau à l'aveuglette. Révulsé de dégoût, d'un coup instinctif de bouclier, il écrasa une tête géante.

Shal avait invoqué son Bâton, et brassait l'air avec une force inouïe. A chaque impact, les corps monstrueux se désarticulaient, la colonne vertébrale brisée. Quand un gigantesque animal vint s'empaler sur son Bâton, la magicienne n'eut que le temps de se dégager de la masse qui glissait vers elle, en secouant frénétiquement l'arme.

Ren fut pris en sandwich entre une grenouille morte et une autre vivante qui l'écrasait de tout son poids. Paniqué, il se débattit pour ne pas étouffer, tailla dans les chairs, et parvint à se dégager, couvert d'humeurs visqueuses. Il se secoua comme un fou, le cœur au bord des lèvres, tandis que le monstre agonisait.

— Derrière toi ! hurla Tarl.

Trop tard.

Le dernier amphibien bondit sur le géant blond et l'envoya s'étaler contre un mur qui céda sous le choc. L'homme et le monstre furent projetés dans la pièce voisine.

Shal entonna son sortilège de Missile Magique : trois projectiles jaillis de ses doigts se fichèrent dans la chair froide du batracien, tué sur le coup.

Tarl et elle se précipitèrent pour dégager leur ami de la carcasse gluante. Il était livide, couvert de taches saumâtres et de sang.

— Est-ce que... est-ce que ça va ? demanda Shal, anxieuse.

Il garda le silence une minute, se redressa, s'examina de la tête aux pieds :

— Dieux ! J'ai besoin d'un bon bain ! Ces créatures sont abjectes, je ne me suis jamais senti aussi sale ! (Il vit leur inquiétude céder la place au soulagement.) Je fais un fameux guerrier, pas vrai ? dit-il, embarrassé.

— On aimerait s'en sortir tous aussi bien, répondit Tarl, sincère. Un instant, j'ai cru...

— Hé, vous deux, venez voir ça !

Shal pointait le doigt vers un collier verdâtre passé au cou du batracien. Un triangle d'argent en forme de pyramide y était accroché. Elle tendit une main.

Avec une rapidité déconcertante, Ren lui saisit le poignet :

— Ne touche pas ! Qui sait quel démon ces

maudits animaux servaient ? Ce symbole ne me dit rien qui vaille. Quoi qu'il en soit, ce n'est pas quelqu'un d'amical qui nous a envoyé ces bestioles !

— Regardez ça ! coupa Tarl.

Près de là, gisait un véritable arsenal, encore à demi caché par une bâche : des masses d'armes, des marteaux de guerre, des dagues, des haches, des boucliers et une armure, terriblement rouillés. Deux armes se détachaient du lot : une dague et un marteau, comme briqués d'hier. Ils irradiaient une lueur verdâtre.

— Ces armes ne brilleraient pas comme ça, murmura Ren, s'il n'y avait pas du danger dans l'air. Mes propres dagues font la même chose... (Celle de sa botte droite jetait des reflets bleus.) Ecoutez...

Des voix humaines grinçantes parvinrent à leurs oreilles, semblables à un chant de cigales. Ren tendit vivement le marteau à son compagnon et garda la dague.

Le trio rebroussa chemin en silence, jusqu'à la brèche accidentelle ; Ren risqua un coup d'œil, puis rentra vivement la tête :

— Il y en a tout un tas - des orcs, des gobelins, des kobolds... Au moins quarante. Il faut filer d'ici.

Tarl secoua la tête :

— Nous avons des renseignements incomplets. Les morts-vivants ne sont pas vaincus.

— Nous savons quels genres de monstres hantent ces lieux, chuchota la jeune femme. Le Conseil n'aura qu'à envoyer des troupes.

— Non ! insista le prêtre. On devrait leur parler et tâcher d'en savoir plus sur le chef.

— Tu es un doux rêveur, mon ami, lui dit Ren en l'attrapant par le col. J'entends suffisamment l'orque pour savoir que leur idée d'une agréable conversation, c'est crier : « Meurs, vermine humaine ! ». (Il le secoua doucement.) Tu comprends ce que je dis ? On doit filer d'ici !

— Filer d'ici ? répéta la voix d'un kobold.

Il se pavanait sur le seuil, flanqué d'une vingtaine d'orcs et de gobelins ; tous se glissèrent par la brèche. Les petits yeux porcins du chef des orcs se mirent à briller.

— C'est le fameux trio ! s'exclama-t-il.

— Oui ! aboya un kobold. Nous les tenons !

— Il faut les torturer..., les tuer... Mériter les félicitations du Seigneur des Ruines... !

— Pouvoir à la Fontaine ! s'écria le kobold.

— Pouvoir à la Fontaine ! reprirent les autres en chœur.

Les gourdins ébréchés, les haches et les épées fendirent l'air en cadence.

Les monstres encerclèrent les trois jeunes gens qui s'étaient placés dos à dos.

— Que chantent-ils ? demanda Tarl à Ren.

— Ils se préparent à nous torturer jusqu'à ce que mort s'ensuive...

Tarl se concentra pour lancer un sort de Suggestion, ce qu'il n'avait jamais tenté contre un groupe hostile. S'il réussissait, les créatures seraient réceptives à ses ordres, au moins pour un temps.

— Dites-moi, les amis, déclara-t-il ensuite sur le ton de la conversation, à quelle fontaine faites-vous allusion ?

La mine du kobold s'épanouit ; sa langue pendait sur ses crocs jaunâtres.

— La Fontaine appartient au Seigneur des Ruines. Il dit de tuer, nous tuons. La Fontaine devient plus brillante. Le Seigneur des Ruines devient plus fort. Nous devenons plus forts. Nous tuons plus.

Personne ne nous arrête... Pouvoir à la Fontaine !

Tarl s'efforça de leur faire oublier leur chant un instant de plus.

— Nous tuer ne présente aucun intérêt pour votre maître ou pour votre fontaine. Ne pourrions-nous faire autre chose pour elle ?

Ren fit signe à Shal de se préparer à courir comme une folle. Leurs chances de s'en sortir étaient proches de zéro ; raison de plus pour tenter le tout pour le tout.

Le chef aux yeux porcins colla son groin contre le visage de Tarl.

— Tu as la pierre de pouvoir ? La pierre *ioun* ? Donne-la-nous ! Tu nous donnes la pierre, vous vivez. Pas de pierre, vous mourez. Pouvoir à la Fontaine !

— La pierre *ioun* ? répéta Tarl, ébahi.

— Pas de pierre *ioun* ? gronda l'orc. Tuez-les !

Le sort était brisé. Tarl écrasa son bouclier sur le groin de l'orc et balaya l'air de son marteau. Ren se lança à l'attaque, ses épées courtes en main, bloquant les coups de gourdins et de haches.

Shal abattit son Bâton sur les humanoïdes, mais il en venait toujours davantage. Elle entendait le sifflement des dagues, des flèches et des autres armes de jet qui fendaient les airs. Du coin de l'œil, elle vit Ren s'effondrer, atteint à l'abdomen ; Tarl n'était pas en meilleure posture. Bientôt, ils seraient submergés par le nombre.

Une hache entama profondément son épaule ; la magicienne hurla de douleur et de terreur... Céruléen parvint à se faire entendre malgré la panique de la jeune femme :

Utilise le Bâton de Pouvoir ! Maintenant !

— *Halcyon* ! hurla-t-elle, pointant l'arme sur les bêtes frénétiques. *Harak* !

Une décharge d'énergie brillante, presque améthyste, courut le long du Bâton. Des éclairs jaillirent de tous côtés ; des boules de flammes pourpres se formèrent. Elles grossissaient à vue d'œil. Un roulement de tonnerre secoua les fondations du fortin. Des hurlements d'agonie s'élevèrent. Les kobolds furent carbonisés. La chair flasque des orcs et des gobelins éclata et se calcina. Les survivants prirent la tangente, aboyant, couinant et criant comme des bêtes sauvages qui fuient une forêt en flammes.

Livide, Shal s'effondra, les poings serrés sur le Bâton ; le sang jaillissait de sa blessure à l'épaule. Ses amis la regardèrent, bouche bée.

Autour d'eux, c'était un véritable carnage. Les éclairs avaient percé des murs et un plafond déjà mal en point. Les restes carbonisés de leurs agresseurs fumaient encore.

Shal tourna lentement la tête, prenant la mesure du fantastique pouvoir qu'elle tenait entre ses mains. Elle n'avait jamais versé le sang, ou participé à la destruction d'une vie. Elle n'avait encore jamais été la proie d'une terreur pareille.

Quand il sortit de son état de choc, Tarl vint presser ses mains contre la blessure de la magicienne. Chaude et forte, la puissance bénéfique de Tyr coula de ses doigts. Une nouvelle fois, le prêtre fit l'expérience du courant extraordinaire qui circulait entre la magicienne rousse et lui... Un peu comme si elle était la clef de son propre bien-être.

— Merci..., merci, dit-elle. Aide Ren maintenant.

Il alla poser les mains sur les épaules de leur ami ; la puissance de Tyr coula encore.

— Voilà... Tu devrais te sentir mieux. Mais quand nous serons de retour, repose-toi. Je ne peux pas faire grand-chose de plus.

— Je me suis rarement senti mieux ! s'exclama Ren, quand il retrouva sa langue. Que peut-on vouloir de plus ? Tu engages des conversations amicales avec des orcs, Shal détient une arme que même des dieux craindraient, et nous avons réussi notre mission !

— Comment ça ? demanda Tarl.

— Le vieil arsenal, l'espèce de fontaine brillante d'où le Seigneur des Ruines tire son pouvoir... Nous avons appris beaucoup de choses !

— Exact, mais ce n'est pas encore terminé.

— Pas terminé ! s'écria Shal. J'ai eu mon compte pour aujourd'hui, merci ! Des squelettes ambulants... Des gobeurs de mouches démesurés... Des orcs et des kobolds... Il faut que tu comprennes : épousseter les étagères de Ranthor suffisait à me fatiguer !

— Mais les squelettes..., mes frères, les prêtres de Tyr, insista Tarl. Ils sont toujours là.

— Pas très bruyants d'ailleurs, observa Ren. Tu les as calmés.

— Oui, mais ils ne sont pas apaisés. Je le sens ! Ils errent comme des âmes en peine. Je dois aller dans le temple et découvrir la raison de leur agitation.

Ren aida la magicienne à se relever :

— Je crois que nous pourrions faire un tour avec lui là-bas, qu'en dis-tu ? Sans son intervention, les zombis nous auraient tués.

— Allons-y, dit-elle. Mais j'exige qu'on soit partis avant la nuit.

Dehors, les guerriers morts laissèrent de nouveau passer les vivants. Tarl poussa la porte du temple. L'autel était poussiéreux, mais intact. Un spectre lançait imprécation sur imprécation.

Tarl fut frappé par sa ressemblance avec le vampire. Luttant pour retrouver son calme, il parla haut et fort :

— Qui es-tu, frère, et qu'est-ce qui te tourmente ?

Entre deux malédictions, et sans cesser d'aller et venir entre les bancs et l'autel, le mort-vivant répondit d'une voix grinçante :

— Ferran Martinez... Je suis Ferran Martinez, de l'Ordre sacré de Tyr. Je suis le haut prêtre qui resta dans ce temple pendant que ses hommes mouraient. Je suis mort de faim plutôt que de sortir pour affronter leurs regards vides... Ces maudits dragons sont venus brûler, détruire, tuer. Notre mission n'a jamais pu être achevée.

— Qu'est-ce qui s'oppose à ton repos éternel, frère Martinez ? Quel travail te reste-t-il à accomplir ? Puis-je t'aider ?

La créature agita frénétiquement ses bras spectraux vers l'autel :

— Des démons ! Rien que des monstres ! Qu'ils rôtissent en Enfer ! Dormez, mes hommes, reposez-vous ! finit-il sur une note plaintive.

— Frère Martinez, que puis-je faire ?

— La ville de Phlan est morte ! Des monstres, rien que des monstres ! Et le temple... il n'a jamais été consacré. On venait d'achever sa construction, mais il n'eut jamais d'autres fidèles que nous... Pas de paix pour les citadins... Rien que des morts-vivants et des cauchemars sans fin... Et le Seigneur des Ruines, Tyranthraxus, vit toujours ! Maudite créature des Enfers ! Blasphémateur assoiffé de pouvoir ! Puisse son âme pourrir pour l'éternité !

— Ils ont reconstruit une partie de la ville, frère Martinez. Elle est de nouveau sûre : ils l'appellent Phlan la Civilisée.

— Phlan la Civilisée ?

L'ectoplasme s'immobilisa, puis flotta plus près de Tarl.

— Oui, et nous construisons un nouveau temple à Tyr. Voilà pourquoi je suis venu.

— Un nouveau temple pour Tyr ? Tu peux utiliser la Balance sacrée ?

Le spectre fila à l'autel et retira le voile qui cachait un objet : apparut une balance d'argent. La Balance de Tyr, dieu de la Guerre et de la Justice.

— Tu veilleras à ce qu'elle soit consacrée, dans un nouveau temple ?

Emerveillé et intimidé par la seconde chance qu'on lui offrait, le jeune homme tomba à genoux.

— Je veillerai à ce que la Balance figure à la place d'honneur sur l'autel du temple.

— Alors je peux enfin dormir en paix, dit Ferran Martinez, et tous nos frères aussi.

Avec précaution, Tarl recouvrit l'objet sacré du drap qui l'avait protégé durant cinq décennies.

Mains croisées sur la poitrine, le fantôme disparut.

*
* *

Au-delà des ruines, le calme régnait. Aucun guerrier squelette ne hantait plus les lieux. La seule chose remarquable, c'était le soleil, comme immobile au-dessus de l'île de l'Epine. Les feux orangés du crépuscule luisaient sur les murailles décrépites du temple, et sur les herbes hautes de la cour.

CHAPITRE VI

ESPRITS ERRANTS

A la nouvelle du retour des aventuriers, Porphyrys Cadorna se rua dans la Salle du Conseil. Il prit place et ordonna qu'on introduise ses « chers amis ». Il informerait le Conseil de sa victoire, preuves de leur réussite en main. Pas avant.

Le prêtre, Tarl Desanea, entra le premier, suivi du nommé Ren de la Lame, et de la jeune magicienne Shal Bal. Couverts de crasse et de poussière, ils semblaient assez mal en point. Le trio restait quand même impressionnant. Cadorna frissonna à l'idée de compter de tels guerriers au nombre de ses ennemis.

— Alors..., qu'avez-vous appris qui soit de nature à nous permettre de reconquérir l'île ?

— Nous avons certaines informations ; avec l'aide du puissant Tyr l'Ambidextre, nous avons réussi à renvoyer aux enfers les zombis qui rendaient inhabitable le fortin de Sokol, dit Tarl. La reconstruction peut commencer sur-le-champ.

C'était splendide, mieux que ce qu'il avait espéré ! Cadorna aurait voulu laisser éclater sa joie, mais il ne tenait pas à ce que les trois aventuriers s'estiment quittes. Les yeux brillants, le magistrat poursuivit :

— C'est ce que vous dites, mais quelles preuves avez-vous ? Comment être sûr de pouvoir envoyer des troupes là-bas en sécurité ?

Tarl se mit en devoir de narrer leur équipée, ses amis ajoutant quelques détails au passage. Ils décrivirent l'étrange pendentif triangulaire trouvé sur la grenouille, et rapportèrent les élucubrations des humanoïdes à propos d'un « Seigneur des Ruines », et d'un « Pouvoir à la Fontaine ». Ils omirent de mentionner le Bâton magique.

Cadorna eut du mal à contenir sa jubilation. Il avait manipulé ses pions à la perfection. En avertissant l'ennemi de la mission et le trio de la présence d'orcs et de gobelins, il avait fait d'une pierre deux coups. Ces aventuriers lui apportaient même des précisions sur l'ennemi et les pierres magiques qu'il recherchait ! Ils pourraient peut-être les dénicher, ou débusquer le Seigneur des Ruines dans son antre à sa place...

Mais chaque chose en son temps.

— Voilà de très bonnes nouvelles, amis. Comment être assuré de leur véracité ?

— Nous rapportons des objets magiques de l'arsenal et du temple. (Tarl lui tendit la Balance d'argent.) C'est un symbole sacré. J'ai juré à frère Martinez d'en faire donation au temple de Phlan.

Ren montra la dague, et Tarl le marteau.

Cadorna recula, n'appréciant guère ce genre d'objets, même si la dague pouvait lui être utile.

— Vous pouvez garder le marteau, dit-il, grand prince. Vous remettrez la dague à l'intendant de la

Cour avant de partir. Et la Balance sera bien sûr confiée au temple. (Quel dommage de ne pouvoir la garder. Mais c'était trop risqué.) Et l'île ? L'ombre maléfique a-t-elle disparu ?

— Oui, répondit Shal, enthousiaste. Le soleil de l'après-midi baignait les falaises de ses rayons quand nous sommes repartis, et...

— Pas besoin de babiller, coupa le conseiller, l'air sévère. Je suis satisfait. En fait, vous méritez une grande récompense, dont le Conseil décidera demain. Entre-temps je vous invite à réfléchir à une petite mission que vous pourriez accomplir pour moi. Je pense que vous ferez l'affaire.

Penché sur son siège, les regardant dans les yeux l'un après l'autre, Cadorna leur fit comprendre qu'il leur mènerait la vie dure s'ils refusaient sa « petite mission ». Ren se hérissa à cette menace implicite :

— Nous serons en ville. On pourra nous contacter à l'auberge du *Gobelin Rieur*.

— Comptez-y, répondit sèchement le conseiller, conscient des réticences du géant blond. Vous êtes libres. Pour l'instant.

*
* *

A l'extrême opposé de Phlan la Civilisée, un grand dragon écoutait les excuses d'un kobold, de deux orcs et d'un gobelin. La bête plongea ses yeux luisant dans leur regard vide ; pour la première fois, ils virent ce qu'était leur maître, le Seigneur des Ruines.

— Trois minables humains ont suffi à défaire

une armée des nôtres ? Vous les avez laissés investir le fortin de Sokol ? Idiots ! Balourds ! Les humains vont déferler par bateaux entiers maintenant et gagner encore du terrain ! Vermines incompétentes ! Allez rejoindre vos compagnons !

Les quatre survivants moururent dans des torrents de flammes. Leurs corps liquéfiés s'écoulèrent et rejoignirent la fontaine d'or en forme de croissant qui se trouvait non loin de là.

Au contact de l'eau claire, les restes calcinés brillèrent avec l'intensité de l'or poli sous les feux du soleil. Le dragon s'immergea doucement. La partie *physique* de son cerveau, qui enregistrait les instincts primaires - la seule chose qui subsistait du dragon originel -, l'informa que l'eau était brûlante..., *très* brûlante.

Il fallait une volonté d'acier pour s'ébouillanter ainsi en échange de l'énergie que l'eau lui conférait. Cette volonté animait le maître des ruines, Tyranthraxus, le grand voleur de corps.

Une puissance sans bornes se déversa en lui. Il appela cent esclaves supplémentaires.

Kobolds, orcs, gnolls et autres créatures accoururent au cœur du château Valjevo, l'antre du Seigneur des Ruines. Les yeux couverts d'une pellicule jaune, ils ne voyaient jamais leur maître.

— Ecoutez-moi, esclaves ! Répandez la rumeur que la tête de ces trois humains est mise à prix, pour plus d'or que vous n'en avez jamais vu... Encore une chose : il faut que vous me procuriez deux pierres *ioun* supplémentaires. Quand ce sera fait, je compléterai l'hexagone du pouvoir, et je contrôlerai Phlan... Et bien plus encore.

— Je ne réalisais pas que tu souffrais tant de ta blessure à l'abdomen, dit Shal, en sortant de la salle d'audience. Laisse-moi t'aider.

Elle passa son bras autour des épaules du géant, et le saisit par la taille.

— Merci, ça va mieux, dit Ren en adressant un sourire ravi à Tarl. Je suis sûr qu'arrivé à ma chambre, ça ira mieux encore.

— Tyr me soit témoin, ne crois-tu pas que tu es un peu grand pour prendre ainsi appui sur la dame ?

— Pas de problème, dit Shal, devançant la repartie de son ami. Ma force doit servir à quelque chose, à part grimper aux cordes. Vous ne m'avez pas laissée ramer, après tout !

Ren fit un clin d'œil au prêtre.

Tarl dévoila sa dentition dans un rictus mi-moqueur, mi-sérieux.

A l'auberge, Soth leur offrit un véritable festin.

Dans la chambre, Ren vérifia rapidement la porte et la fenêtre, comme de coutume, puis il les verrouilla. Il défit doucement sa cuirasse, aidé du prêtre.

— Connaissez-vous les pierres que les monstres ont mentionnées ? demanda Shal.

— Des pierres *ioun*, précisa Tarl.

— Elles sont d'une valeur incalculable. La plupart des gens ignorent pourquoi, dit Ren. Tempête fut assassinée à cause d'elles. Voici des pierres *ioun*...

Il s'assit sur le matelas, Tarl près de lui. Shal préféra le sol. Ren tira ses dagues de ses bottes : des gemmes bleu-noir étaient cachées à l'intérieur des pommeaux creux.

— Si tu n'avais pas semé la désolation avec ton Bâton, Shal, continua-t-il, je m'apprêtais à en offrir une à ces imbéciles. Ils ne nous auraient probablement pas laissés en paix, mais j'aurais détourné leur attention le temps que vous fuyiez.

Les pierres noires se mirent à flotter et à tourner en cercle autour de la tête de Ren. Elles luisaient d'un bleu profond.

— Seigneur ! s'exclamèrent en chœur ses amis.

— Quel est leur pouvoir ? s'enquit Tarl.

— Je ne sais pas vraiment. Je crois qu'une magie puissante est nécessaire pour utiliser leurs capacités. Elles font que je ne rate jamais ma cible ; elles doivent conférer du talent ou une force accrue à leur détenteur.

Sur un mot de sa part, les deux gemmes flottantes retombèrent dans les pommeaux, qu'il referma soigneusement.

— Tempête est morte à cause de ces deux cailloux ; aujourd'hui encore, nous avons failli y laisser notre peau. J'ignore pourquoi le chef de la Guilde des Assassins y tenait, ou ce que le Seigneur des Ruines veut en faire, mais nous nous porterons mieux s'ils ne mettent jamais la main dessus.

— Tu as eu raison de ne pas les abandonner à l'ennemi, remarqua Tarl. Qui peut dire ce que feraient des êtres maléfiques avec de telles pierres ? Que Tyr m'en soit témoin, je jure de vous aider si vous êtes à nouveau menacés.

— Moi aussi, ajouta Shal. Séluné m'en soit témoin. Mais j'ai ma propre mission à remplir.

— Venger l'assassinat de ton maître ? demanda Tarl.

Shal hocha la tête. Ses deux amis seraient toujours à ses côtés, elle le savait. Sur l'île de l'Epine, ils n'avaient cessé de vouloir la protéger. Depuis l'adolescence, elle était fière de son apparence. A présent qu'elle se trouvait aux antipodes de ce qu'elle considérait comme attrayant, deux beaux hommes, intelligents et sensibles, luttaient pour gagner ses bonnes grâces. Ils admiraient sa magie et louaient ses nouveaux talents de guerrière ; ils estimaient son opinion malgré son inexpérience en de nombreux domaines ; son enviable musculature ne semblait pas vraiment les faire fuir.

— Merci, dit-elle simplement, les prenant chacun par la main. Je... je n'ai jamais eu de tels amis.

Shal leur narra le meurtre de son maître, et ce qu'elle savait de la tour de Denlor. Elle décrivit sa pathétique impuissance face à l'assassinat perpétré sous ses yeux et son incapacité à communiquer au moyen du globe de cristal. Ils l'écoutèrent en silence, songeant à la mort qui, pour eux aussi, avait frappé des êtres chers.

*
* *

Cette nuit-là, Tarl retourna au temple. Les frères vinrent l'entourer avant qu'il puisse se rendre au chevet d'Anton. Ayant déjà entendu dire que l'île de l'Epine était de nouveau ensoleillée, ils étaient impatients d'en savoir plus. Aucun ne savait que l'ancienne forteresse avait abrité un temple. La vue de la Balance sacrée leur coupa momentanément la parole. Ils applaudirent quand leur jeune frère raconta comment il avait rendu la paix aux âmes tourmentées de Sokol.

Tarl se réjouit de leurs louanges. Sa foi lui parut plus forte et plus pure que jamais. Les prêtres commencèrent à organiser une nouvelle expédition sur l'île pour rendre des actions de grâce à Tyr, et prier pour le repos des prêtres défunts.

Tarl trouva Anton en proie à d'atroces souffrances ; il oublia la Balance d'argent. Voir son ami sur son lit de douleurs renforça sa décision de retrouver le Marteau de Tyr coûte que coûte.

Il lutta contre le mal en appliquant ses mains sur les tempes fébriles du colosse terrassé. Il s'entêta jusqu'à s'effondrer, vaincu.

Alors, il dormit.

*
* *

Shal eut la surprise de trouver un ballot au pied de son lit. Le sceau indiquait sa provenance : il venait de la couturière qui avait taillé sa tenue de cuir. Intriguée, la magicienne défit l'emballage et découvrit une belle chemise de nuit en soie. Elle s'aperçut alors que ses habits étaient maculés de sang, de boue, de crasse et d'autres souillures sur lesquelles son esprit refusa de s'attarder.

Elle se déshabilla en un tour de main, et alla se plonger dans le bain chaud que lui avait préparé Soth. Puis elle enfila la chemise de nuit à la coupe si féminine. Elle s'admira dans le miroir, ses formes épanouies soulignées par le vêtement. Sans quitter son reflet des yeux, elle libéra ses cheveux et les peigna. L'image prisonnière de la glace n'était plus celle d'une étrangère. Pour la première fois, elle se rendit compte de son pouvoir de séduction.

Elle enverrait des fleurs à la couturière pour la remercier.

Le sommeil tarda à la gagner. Sa nuit fut tourmentée par la vision de Ranthor se débattant comme un fou pour sortir du globe de cristal.

— Tu aurais dû me prévenir qu'il était derrière moi ! hurla-t-il.

— Mais je ne pouvais pas ! Je ne savais pas comment !

— Tu aurais dû savoir, tu aurais dû deviner ! J'erre à présent dans la nuit comme ces squelettes... Aaaaah !

La silhouette sombre le poignarda de nouveau dans le dos. Le reptile lové sur le bracelet de l'assassin soulignait l'horreur du geste, exactement comme si un serpent crachait son venin. Le bruit sourd des poings de son mentor contre le cristal résonnait douloureusement aux oreilles de Shal. Le silence explosa dans sa tête, quand Ranthor glissa comme une poupée brisée contre la paroi de cristal.

La magicienne s'éveilla en sueur.

Soth la secouait de toutes ses forces :

— Je n'ai pas l'habitude de m'introduire dans la chambre de mes clients, mais je t'ai entendu crier, et j'ai accouru. J'ai frappé à la porte, en vain...

Shal se secoua ; son maître était plongé dans les tourments, à l'instar des pauvres squelettes animés de l'île de l'Epine, elle en avait l'intime conviction. Et c'était sa faute. Elle aurait voulu se rendre sur-le-champ à la tour de Denlor. Soth parvint à la calmer. Il lui fit boire un peu de cordial...

Shal se rendormit jusqu'à l'aube, sans plus rêver.

Les grognements de son familier tirèrent la magicienne du sommeil :

— *Je pourrais aussi bien passer le temps dans une écurie. J'aurais au moins du foin et de l'avoine pour me tenir compagnie...*

— La paix ! grogna-t-elle.

— *Je ne fais pas de bruit, Maîtresse !*

La voix de l'équidé résonnait comme le tonnerre sous son crâne.

— Vas-tu la fermer à la fin ? hurla-t-elle, avant de plaquer ses mains sur ses oreilles pour ne pas entendre son propre cri.

— *Pardonne-moi, mais ne voulais-tu pas te rendre aujourd'hui à la tour de Denlor pour retrouver le meurtrier de Ranthor ?*

Elle s'assit lentement, et chercha des yeux le tissu enchanté. Si elle l'enfouissait sous un oreiller, cela réduirait peut-être Céruléen au silence. Mais elle découvrit le cheval debout en face d'elle...

Elle s'aspergea le visage d'eau fraîche et se prépara à affronter le soleil qui perçait par les volets. Puis elle brossa ses habits de cuir et prit le temps de méditer et de mémoriser ses sorts.

Plus tard, elle emmena Céruléen à l'écurie via le tissu enchanté. Elle lui offrit des pommes et des carottes en lissant sa robe.

— Connaissais-tu bien Ranthor, Céruléen ?

— *Connaît-on jamais qui que ce soit ? Il m'a invoqué quand il était un apprenti plus jeune que toi. Je l'aidais à mémoriser ses sortilèges. Je l'ai supplié de m'emmener à la tour du mage rouge, mais il pouvait être un vieux bouc entêté quand ça le prenait. Je parierais qu'il le regrette maintenant.*

Shal rit :

— En effet.

Le cheval frappa le sol du sabot, et secoua sa crinière, ravi de la gaieté de sa maîtresse.

— Céruléen, que sais-tu du Bâton des Merveilles ? Ranthor ne m'en n'a pas dit grand-chose.

— *Il l'avait reçu en cadeau, quand il était beaucoup plus jeune. Il dansait encore...*

— Dansait ! Ranthor ?

— *Il adorait danser. En ce temps-là, il n'allait nulle part sans une fille à chaque bras. Quoi qu'il en soit, il a utilisé le Bâton trois fois, pour autant que je m'en souvienne. La première, c'était dans la forêt de Bois Mort, où il cherchait du secil, une herbe rare. Il me houspilla, m'ordonna de rester éloigné pendant qu'il ramassait de la poussière à quatre pattes. En explorant le coin, j'ai trouvé un morceau de secil. L'ai-je piétiné ? Que non pas, je...*

— Le Bâton, Céruléen. Qu'est-ce que cela a à voir avec le Bâton des Merveilles ?

— *J'y arrive, Maîtresse. Que d'impatience ! Je n'ai pas piétiné le secil, mais j'ai posé le sabot sur des herbes sans importance. Des moisissures de couleur marron ont lâché des spores malsaines dans les airs. J'ai suffoqué, et Ranthor avait l'air guère mieux loti que moi, alors qu'il se trouvait plus loin de ces satanées spores. Il toussait et se crispait tant qu'il ne pouvait plus prononcer une parole. Pour finir, il a attrapé le Bâton et a réussi à articuler un ou deux mots.*

— Et ?

— *Des bulles ont surgi du néant. Gluantes, elles aspergeaient tout d'une fine bruine glacée quand elles éclataient. Le froid magique a tué les moisis-*

sures. Naturellement Ranthor a trouvé ce qu'il cherchait, et il était très satisfait du Bâton.

— Et les deux autres fois ?

— *La seconde a été aussi probante : il était fait comme un rat entre une ombre-des-roches et un dragon. Elles sont horribles, ces ombres-des-roches : on dirait des scarabées géants dressés sur leurs pattes arrière. Avec une main blessée, le maître ne pouvait plus lancer de sort. Grâce au Bâton des Merveilles, des vers géants se sont mis à dévorer le dragon. Les asticots étant le mets de prédilection des ombres-des-roches, la nôtre s'est jetée sur le dragon toutes mandibules dehors. Inutile de dire que nous n'avons pas traîné, Ranthor et moi...*

— S'il est si utile, ce Bâton, qu'est-ce qui le retenait de s'en servir ?

— *La troisième fois, je galopais à un train d'enfer, poursuivi par une ennemie de Ranthor, perchée sur son tapis volant. Au lieu de me demander de redoubler de vitesse, mon maître pointa le Bâton sur l'infâme et ordonna « Allure de tortue ». En un clin d'œil, c'est moi qui me suis retrouvé escargot, pendant que l'autre fondait sur nous ! S'il n'y avait pas eu un arbre en travers de son chemin, nous serions morts.*

— Hein ?

— *Merveille de vieil arbre. Complètement carbonisé quand le sang acidifié de cette mégère a jailli.*

— C'était un résultat positif là aussi. Pourquoi devrais-je éviter de m'en servir ?

— *Comme je viens de le dire, Maîtresse, c'est moi qui ai été ralenti. Ranthor est passé par-dessus ma tête ; il est allé s'écraser presque aussi loin que la sorcière. Il jure que c'est l'origine de ses rhumatismes.*

Le Bâton aurait-il été moins dangereux avec un autre familier ? se demanda-t-elle.

Je ne suis pas d'accord !

— Oh, pardon ! Prêt ?

— Tu poses la question au *cheval* ?

Surprise, Shal faillit tomber à la renverse dans l'auge d'avoine.

Ren était arrivé sans qu'elle l'entende.

— Je ne voulais pas te faire peur. Je mettais en pratique mes talents de voleur. Ils se sont un peu rouillés cette année, je dois l'avouer.

— Il n'y paraît pas, répondit-elle, un brin sur la défensive. Je devais être concentrée sur ce que j'ai à faire aujourd'hui.

— Entrer dans cette tour peut s'avérer plus délicat que tu le crois. Je suis allé en reconnaissance cette nuit ; cet endroit est une citadelle protégée par la magie. Même les monstres qui sévissent la nuit semblent tenus à distance par une force inconnue.

— Comment ça, tu es allé en reconnaissance là-bas ? s'exclama-t-elle.

— Avec le maudit onguent de Tarl qui empestait, impossible de dormir ! Je ne pouvais aller nulle part avec la puanteur qui me précédait. Inutile d'essayer de me glisser près de toi...

Shal rougit, et s'appliqua de plus belle à lustrer son cheval.

— Ton amie... Tempête... a dû être très spéciale... (Il inclina la tête, perplexe.) Je sais que je t'attire parce que je lui ressemble.

Gêné, il s'apprêtait à répondre quand Tarl surgit.

Ren s'écarta discrètement de la jeune femme.

— Ecoutez, commença-t-elle sans ambages, j'aimerais partir sur l'heure. (Elle leur conta son cauchemar.) Etes-vous sûrs de vouloir m'accompagner ?

Ren alla chercher une pouliche trois boxes plus loin, et l'harnacha. Tarl monta en croupe avec Shal.

*
* *

Au centre de Phlan, près de l'auberge du *Gobelin Rieur*, les rues fourmillaient d'activité. Ren scruta la foule comme à son habitude. Plus on s'éloignait du cœur de la ville fortifiée, plus les passants se faisaient rares ; le géant blond redoubla de vigilance.

Tarl, lui, était heureux d'être si près Shal. Comment une femme pouvait-elle sentir aussi bon ? La veille, il avait usé son énergie à apaiser les souffrances d'Anton, comme les prêtres du temple le faisaient journellement. Mais l'état du malade restait stationnaire.

La tour de Denlor était faite de briques rouges qui contrastaient violemment avec le noir de la forteresse. Elle paraissait accueillante, en accord avec la nature bienveillante de son défunt propriétaire. En approchant, les trois amis virent que des pans entiers de murs avaient été calcinés ou défoncés.

Shal expliqua à Ren et Tarl que son cheval, l'ancien familier de son maître, venait avec eux. Il leur serait utile pour désamorcer les protections magiques. Haussant les épaules, Ren mit pied à terre et scruta les parages. Il ne remarqua rien, pas même un murmure ou une odeur suspecte.

Rien de *vivant* en tout cas. Des dizaines de

cadavres de maraudeurs et de monstres gisaient dans le périmètre de la tour. De manière atypique, ils avaient fait le sacrifice de leur vie pour que leurs compagnons pénètrent dans le refuge de Denlor.

Avec son marteau, Tarl dessina dans l'air la Balance de Tyr. Lui aussi se demanda quelle force maléfique avait pu *amener* les créatures à se sacrifier.

Shal ne perdit pas de temps en conjectures. Elle enjamba les cadavres décapités, mutilés, calcinés. Parvenue à la porte d'entrée, une peur glacée la saisit : le bois était zébré de griffures, comme dans sa vision. Ranthor avait dû mourir exactement comme elle l'avait vu dans le globe. Ren la devança au moment où elle allait toucher la porte malgré son appréhension.

— Non ! La puissance que dégage cette porte réduirait n'importe qui en cendres ! Cet endroit abonde en magie pure. J'ai mes outils de voleur ; même si les autres issues sont protégées, avec de la prudence et du temps, j'arriverai à nous faire entrer.

— Ren, nous n'en aurons pas besoin.

Shal lui expliqua que Denlor, le mage rouge, lui avait transmis les « clefs ». Elle tendit les bras et prononça deux mots. La serrure vira au pourpre ; la porte s'ouvrit. Ren et Tarl échangèrent un regard surpris. D'un signe, la magicienne les dissuada d'avancer. Puis elle lança une branche morte sur le seuil. Un arc pourpre embrasa le pas de la porte ; le morceau de bois fut instantanément réduit en cendres.

Shal se concentra. Céruléen se matérialisa et passa la porte, au milieu d'un crépitement d'étincelles. Le bleu profond qui l'auréolait gagna en intensité. Shal dit doucement :

— Il absorbe de l'énergie à chaque pas. Dans une minute, on devrait pouvoir passer.

Ren s'aventura le premier. Céruléen irradiait littéralement ; il n'y avait plus aucun danger, et ils n'avaient même pas besoin de torche. D'elle-même, la porte se referma sur eux.

Ils se trouvaient dans une pièce en forme de losange : trois rangées de bancs formaient une sorte de fer à cheval. Une chaire sculptée en bois de rose dominait l'ouverture du U. D'étranges trophées ornaient les murs.

— Je ne savais pas que Denlor enseignait, dit Shal. Ranthor parlait toujours de lui comme...

Tout à coup, des murmures s'élevèrent, comme si des rangées d'étudiants invisibles psalmodiaient le nom de leur maître. Une toge rouge se matérialisa à l'opposé de la chaire :

— Denlor... Je suis Denlor...

Le vide obscur que contenait la tunique défiait jusqu'à la clarté émise par Céruléen. Le marteau et la dague des deux guerriers brillaient, eux aussi, d'une lueur bleue.

— Ne touchez pas ce vêtement ! avertit la magicienne. L'esprit de Denlor veille sur ces lieux par-delà la mort. Tant que nous ne faisons rien de mal, il ne nous attaquera pas. Mais touchez cette toge et vous êtes morts.

Tarl et Ren baissèrent leurs armes. Il était évident que la jeune femme maîtrisait le mystère de ces lieux d'une façon qui les dépassait.

— Je crois que Ranthor a été tué à l'étage, dans une pièce réservée à la sorcellerie. C'est étrange et frustrant : grâce à la vision de Denlor, je connais chaque pièce de la tour. Mais la seule image que j'ai gardée de Ranthor, c'est celle de sa fin.

— Je ne veux pas être brutal, Shal, mais nous irons plus tard là où il est mort, dit Ren. Pour notre sécurité, nous devrions inspecter chaque salle. Il y a des signes de lutte évidents, des meubles déplacés, des taches par terre...

Shal acquiesça et maîtrisa son envie de se précipiter sur les lieux du crime.

— Commençons par l'escalier de gauche. (Dans un chuchotement qui ne s'adressait plus aux deux hommes, elle ajouta :) Comment ça, on ferait mieux de ne pas y aller ? Ils mangeaient du cheval, et alors ? Il ne s'agissait pas de toi. Eloigne-toi ! On ne veut pas se faire griller !

Le familier s'exécuta, indigné, si tant est qu'un quadrupède puisse paraître indigné. La cuisine où ils aboutirent était normale ; l'auréole bleue s'estompa. Tarl bougonnait dans sa barbe :

— Par le ciel, j'aimerais ne pas me sentir si impuissant quand je suis avec cette femme ! (Il brandit un poing sous le « nez » de la robe flottante qui le talonnait :) Et toi, recule un peu, tu veux ? Tu me donnes la chair de poule. J'essaierais volontiers quelque tour si ça pouvait te faire déguerpir !

Le spectre obéit ; le prêtre respira mieux. Ren inspectait la cuisine, les fours, les placards...

— J'ai trouvé la cuisinière, appela-t-il d'un cellier. Il me faut de la lumière.

Shal produisit sa torche éternelle.

La femme avait été étranglée. La mort devait remonter à trois jours. Du travail de professionnel.

Ren remonta par la trappe, le corps dans les bras : c'était une femme menue, à la peau basanée typique des régions du sud. Il l'allongea sur une table de travail.

— On a dû la pousser là-dessous après sa mort.

Elle a encore une louche à la main. A mon avis, elle n'a pas dû voir son assassin. Un meurtrier très courageux, celui-là.

Ren se retint de cracher la bile qui lui montait à la gorge à la pensée du genre de vermine capable de tuer si gratuitement.

Il désigna les ustensiles alignés, les plats et les aliments :

— Elle avait terminé de préparer le repas pour son maître et ses invités. Elle s'occupait de nourrir les domestiques, si ça a une quelconque importance.

Tarl dit la prière des morts pour la défunte.

Ils l'enterreraient plus tard.

L'autre porte donnait sur les chambres des domestiques. Sur un lit, ils trouvèrent un jeune homme mort. Des coups de couteau en pleine poitrine avaient eu raison de sa résistance.

D'après les marques autour du cou de la cuisinière, et la nature de ses blessures, l'assassin devait être de grande taille.

— J'ai pleuré mon maître, dit Shal, sans qu'il me vienne à l'esprit que d'autres étaient morts. (Au bord des larmes, elle serrait et desserrait les poings.) Quand Denlor est entré en contact avec moi, il était sur le point d'être terrassé par des monstres et des humanoïdes. Mais Ranthor, ce pauvre jeune homme, la cuisinière... Tu suggères qu'un seul homme les a tués. Je n'ai pas pu voir l'agresseur, vous savez... Rien qu'un bras, qui frappait et frappait encore. J'ai pensé à un gobelin, ou un des monstres de ce genre qui assiégeaient la tour.

— Shal, je ne peux pas affirmer que c'était un homme. Mais c'est ce que je crois. Quoi qu'il en soit, le résultat ne change pas.

— Je sais bien ! s'écria-t-elle. Les monstres et les humanoïdes tuent pour un oui ou pour un non ! Les hommes tuent pour une raison, aussi perverti que soit leur point de vue ! Je pourrais tuer un kobold sans état d'âme. Un homme que je haïrais...

Tarl lui passa un bras autour des épaules.

— Et tu aurais raison...

Quand elle fit mine de repartir, Ren intervint :

— Attends ! Ne crois-tu pas qu'il vaudrait mieux que Tarl et moi passions les premiers ?

— Nous savons que tout ici est magique. Tarl était habilité à nous conduire dans le fortin de Sokol. Ici, c'est moi qui dois passer la première.

Une fois encore, elle parlait d'un ton sans réplique. Elle se dirigea vers la porte où était apparue la toge, suivie du cheval, des deux hommes et de l'apparition textile. Ils débouchèrent sur un hall splendide d'où partait un escalier majestueux. Le sol était incrusté de tourmaline, d'ambre, d'améthyste et d'autres pierres semi-précieuses. Une brillante clarté venant d'en dessous les rendait translucides, baignant les murs de glorieux arcs-en-ciel.

Quand Shal monta l'escalier, le spectre du mage rouge se matérialisa.

A cette apparition, le jeune prêtre se souvint des âmes en peine qui avaient massacré ses frères. Il bondit. Seule la force fraîchement acquise de la jeune femme parvint à le retenir.

— C'est du poison, Tarl ! cria-t-elle. C'est l'image empoisonnée du maître de cette tour ! Désolé, mais vous devez me laisser passer la première.

Shal retint sa respiration et prononça la formule magique qu'elle tenait de Denlor :

— *Lysiam calentatem*, Denlor.

L'effet fut immédiat ; le spectre se dissipa. La

magicienne perçut alors les gémissements de Céru-léen.

Elle fit volte-face, furieuse :

— Quel est ton problème ?

Tarl et Ren, de plus en plus mal à l'aise, se mirent à bafouiller à l'unisson...

— Pas vous, *lui* ! Il gémit à mon oreille comme un sale mioche !

— *Tu vois sûrement que je pourrais glisser et me tuer sur cet escalier, Maîtresse !*

— On ne fait pas de marches plus larges ni plus étroites que celles-ci, Céruléen, trancha-t-elle.

Quand elle avança sur lui, le tissu magique en main, il supplia :

— *Pas ça ! Tu pourrais avoir besoin de moi. Rends-moi plus petit et porte-moi.*

Ses yeux brillèrent soudain :

— Si je diminue ta taille, ta voix sera-t-elle moins forte, elle aussi ?

Sans attendre de réponse, elle lança un sort d'Agrandissement Inversé. Un Céruléen de la taille d'un chat, pathétique, apparut au pied de l'escalier. Shal attrapa le cheval miniature et le tendit à Ren, interloqué :

— Voudrais-tu t'occuper de ce nabot, je te prie ? J'ai besoin de mes mains pour lancer des sorts.

Ren en resta bouche bée.

— Je croyais que les rangers aimaient les che-vaux, dit Tarl, lui décochant un coup de coude.

Le voleur le foudroya du regard ; le prêtre sourit de plus belle. Ren coinça la petite bête au creux de son bras, et fit la sourde oreille à ses protestations. Shal, elle, n'en avait cure.

La robe flottante devança la magicienne sur le palier, et attendit nerveusement que tout le monde y ait accédé. Shal haussa les épaules ; ils avaient un nouveau guide.

La salle à manger était elle aussi en forme de losange. De part et d'autre, les murs étaient percés de portes ayant souffert de violents assauts. Celle qui se trouvait à l'extrémité de la pièce devait mener au troisième étage. La toge désincarnée alla se poster au-dessus de la chaise présidant une immense table en noyer.

— Regardez ! s'étonna la jeune femme. Des cendres ! Denlor a dû mourir ici.

— A table ? demanda Tarl.

— Tandis qu'il prenait son repas en compagnie de deux convives, dit Ren.

— Qu'est-ce qui a pu réduire un homme en cendres sur sa chaise ? demanda le prêtre.

— Denlor était terrifié à l'idée de finir dans le ventre des créatures qui grouillaient dans la tour...

Frissonnante, elle se souvint de l'horreur et de l'impuissance du mage. Les monstres avaient dû enjamber leurs morts pour percer ses défenses.

— Quand Ranthor l'a rejoint, reprit-elle, toutes sortes de bêtes avaient déjà investi la tour. Denlor et Ranthor leur ont tenu tête ensemble ; ils ont lancé sort après sort, jusqu'à épuisement de leurs forces, pour tenter de purger l'endroit des centaines de créatures qui l'infestaient.

Emu, Tarl insista :

— Mais comment a-t-il pu être réduit en cendres comme ça ?

— C'est... c'est lui-même qui l'a fait. Je suis presque certaine que... il s'est immolé pour qu'aucune bête ne se repaisse de son corps. (Elle avait les larmes aux yeux.) Le système de défense magique de la tour a sans doute été déclenché par sa mort.

— Mais ce sacrifice par le feu n'aurait-il pas dû

laisser plus de traces, brûler la table, la chaise et ce qu'il y avait autour ? s'enquit Ren.

— Je n'en sais rien.

Elle se souvint du parchemin posthume de Ranthor ; il s'était consumé entre ses mains sans la blesser, ni propager le feu dans la pièce comme cela aurait *dû* être le cas...

— Un sorcier de son talent devait être capable d'un tel tour de force, j'imagine. Je ne peux rien affirmer.

— Et la toge ? demanda Tarl.

— Comme je l'ai dit, ce devait être un sortilège destiné à brûler uniquement la chair.

— Non, je veux dire, pourquoi est-elle là ? Qu'est-ce qu'elle attend ?

— Que nous en ayons terminé et que nous fichions le camp, à mon avis.

— Aïe ! (Ren laissa tomber Céruléen à terre.) Il m'a mordu !

Furieux, le cheval miniature se mit à galoper en cercle. Il approcha d'une porte latérale qui s'auréola d'une aura rouge de plus en plus marquée.

— Une serrure magique !

Shal recourut au mot de passe adéquat ; Ren et Tarl la suivirent, émerveillés par son sang-froid et sa maîtrise de la magie. Ils pénétrèrent dans les appartements privés de Denlor, et dans la salle du trésor attenante. Suivirent une bibliothèque regorgeant de parchemins et la salle des sortilèges. La jeune femme recommanda à ses compagnons de ne rien toucher.

— Je pourrai revenir plus tard, quand j'aurai acquis une meilleure maîtrise des arts occultes ; pour l'heure, nous devons tout laisser en l'état afin de ne pas déranger le repos de l'âme de Denlor. Et surtout, nous devons retrouver Ranthor.

« Ce rideau, devant nous, est sensible aux émotions négatives, poursuivit-elle. Pour le franchir, il faut se détendre complètement. C'est le seul moyen de réussir. »

Elle passa la première, avec succès.

Ren, lui, fut repoussé par des crépitements d'énergie. Quand il voulut passer d'un bond, il fut de nouveau projeté en arrière. Il refusa l'aide de Tarl, déterminé à avoir le dernier mot.

— Reste calme, lui dit Shal. C'est la clef de tout.

Tarl tenta sa chance ; il récita une prière méditative rituelle pour purifier ses pensées.

— Comme Tyr est le maître de la Balance, puissé-je mesurer ce qui pèse sur mon cœur, et que les deux plateaux de mon âme soient en parfait équilibre.

Le jeune prêtre savait que ce n'était pas le cas. Le souvenir d'Anton, de ses frères tués et du Marteau disparu pesait plus lourd que tout le reste. Le champ de force le repoussa aussi brutalement que son compagnon.

Tarl se concentra sur le succès du fortin de Sokol pour contrebalancer les horreurs du cimetière. Quand il pensa avoir atteint l'équilibre, il avança... et traversa sans peine le rideau scintillant d'énergie.

— S'il a réussi, j'y arriverai aussi ! marmonna Ren.

Si le voleur ne connaissait pas de technique de méditation, il savait se préparer mentalement avant de désarmer un ennemi, ou de se glisser le long d'un corridor sans être vu. Il se concentra... et passa à son tour.

— Merveilleux ! s'exclama Shal, sincère.

Elle se baissa, ramassa Céruléen dans sa paume et le tendit au géant blond, une lueur taquine au fond de ses yeux verts.

Elle reprit la tête dans l'escalier.

Les marches étaient plus exiguës et plus hautes. Le palier du troisième étage était veiné de marbre rouge. Ils accédèrent à une porte de bronze magnifiquement ouvragée - un travail de nains.

Shal posa les doigts aux quatre coins de la porte, puis elle toucha la tête de lion sculptée au centre, en disant une syllabe différente à chaque fois. La tête de lion s'embrasa et poussa un rugissement ! La sorcière passa la main à travers la gueule ouverte, et tira sur une manette. La porte s'ouvrit.

— Joli truc, commenta Ren.

Shal respira. Si elle avait mal articulé, ou si elle ne s'était pas suffisamment concentrée, elle aurait pu perdre son bras, ou pire. A la boule de nerfs qui lui noua l'estomac, elle sut qu'elle était proche du lieu où son maître avait agonisé. Elle traversa une salle d'étude pour atteindre une porte, flanquée d'étagères couvertes de fioles et de flacons. De tous, c'était le piège le plus dangereux.

Elle rendit à Céruléen sa taille originale, puis s'éloigna, faisant signe à ses amis de se poster en retrait.

Le familier gratta le sol du sabot, renâcla, puis s'illumina d'un bouclier de protection. Il se dressa sur ses pattes arrière et défonça la porte.

Le bois éclata en mille fragments empoisonnés, qui vinrent rebondir sur l'aura bleue du cheval.

Quand l'aveuglante clarté eut disparu, Shal se précipita vers l'animal épuisé, et lui flatta doucement l'encolure.

— Beau travail, Céruléen ! Ranthor aurait été fier de toi.

— *Ranthor n'est plus, Maîtresse. J'espère que tu es fière de moi.*

Dans la pièce aux sortilèges gisait le corps sans vie de Ranthor. Des éclats de cristal jonchaient le sol. Beaucoup étaient englués de sang. Shal s'agenouilla, secouée de sanglots silencieux. Elle s'était raccrochée à l'espoir d'avoir été témoin d'une vision, non de la réalité. La vérité, irréversible, était sous ses yeux. La jeune femme laissa libre cours à son chagrin.

Tarl l'encercla de ses bras en adressant une prière muette à son dieu.

Les mots ne voulaient rien dire.

Ren n'avait pas le talent du prêtre pour réconforter les affligés. Il pensait en termes d'action. Il alla examiner le corps, qu'il retourna pour scruter les blessures. Ce qu'il découvrit le révulsa. On avait poignardé le mage à plusieurs reprises, avec une dague empoisonnée au moyen d'un acide vert - le même qui avait tué Tempête. D'après l'angle et la profusion des blessures, l'assassin était plus grand et probablement moins doué que celui de Tempête.

— *Maîtresse...* (La voix douce de Céruléen pénétra son affliction.) *Maîtresse, je vais ramener le corps de Ranthor avec moi dans le tissu magique. Une fois cette tour condamnée, je l'emmènerai chevaucher dans le plan astral, pour lui offrir la paix éternelle. Ce sera mon dernier devoir envers lui.*

— Mais sera-t-il vraiment en paix si ses assassins demeurent impunis ?

— *Ranthor sera en paix, Maîtresse. C'est toi qui ne le sera pas.*

La magicienne se releva et expliqua à ses amis ce qu'allait faire le familier. Ils hissèrent la dépouille rigide sur son dos, et regardèrent le cheval s'évanouir dans le tissu enchanté.

Malgré son épuisement, la jeune femme fit le

tour de l'édifice, condamnant par magie les accès et les passages, afin que tout reste en l'état. Ils portèrent les deux autres cadavres dehors. Quand ce fut fait, elle scella la porte principale. Les deux hommes ligotèrent leurs fardeaux sur la croupe de la pouliche. Shal rappela son familier, qui jaillit du néant avec la grâce d'une licorne, et disparut dans les airs. Les yeux brillants de larmes, elle contempla la traînée de poussière bleue qu'il laissa dans son sillage. Elle entendit à peine son message :

— *A bientôt, Maîtresse.*

CHAPITRE VII

TROMPÉS

Porphyrys Cadorna tenait entre les mains la décision du Conseil qui le proclamait quatrième conseiller. On le félicitait pour son « *jugement avisé en matière de châtiments visant à améliorer le bien-être de la communauté* ». On le félicitait d'avoir bien évalué le potentiel des trois bagarreurs, et d'avoir immédiatement agi, fort de leurs informations. L'afflux d'étrangers allait doubler la population, et permettre de nouvelles incursions dans les quartiers encore sauvages.

Le magistrat admirait le parchemin soigneusement calligraphié.

— On reconnaît enfin les talents des Cadorna, dit-il au portrait de son père, qui lui faisait face dans son étude. Dire que tes relations avec les dragons ont fait penser, père, que tu étais responsable de leur attaque ! C'est comme prétendre que je suis complice du Seigneur des Ruines parce que je lui fais parvenir des informations mineures. Ces

imbéciles ne voient pas l'importance des relations...
L'incompétence du deuxième conseiller, Silton, a
au moins été révélée au grand jour. Sa place aurait
dû me revenir. Je n'attendrai pas des siècles...

Le mage Gensor vint interrompre ses méditations.

— Quelles nouvelles m'apportes-tu ?

— Ils...

— Enlève cette capuche. J'aime regarder un
homme dans les yeux quand je m'adresse à lui.

Le visage du sorcier était masqué par un grand
capuchon noir.

— Tu crois me contrôler parce que tu es quatrième conseiller ? Tu veux me regarder dans les
yeux ? Qu'il en soit ainsi.

Gensor rabattit son capuchon.

Cadorna blêmit.

La peau flétrie et cendreuse, le nécromancien
avait l'aspect d'un cadavre. Ses yeux étaient jaune
pâle, sa voix glaciale :

— L'argent m'importe peu, conseiller. Je te sers
parce qu'il est des choses que je veux savoir.
(Cadorna ne rétorqua rien, soutenant son regard.) Ils se sont rendus dans la tour du mage
rouge nommé Denlor.

— Oui, je le connaissais.

— Tu le *connaissais* ? Je n'en doute pas. Le
mentor de la femme y est mort, tout comme Denlor. J'ai épié la conversation du trio jusqu'à la tour,
mais je ne l'ai pas suivi à l'intérieur. Mon manteau
d'invisibilité n'aurait pas fonctionné entre ces
murs.

— Epargne-moi les détails de ton ineptie, mage !
Qu'as-tu appris ?

Gensor le foudroya du regard jusqu'à ce qu'il
recule. Il reprit :

— Le maître de la magicienne a été assassiné -

par un monstre, croit-elle.

— Son maître ?

— Un sorcier du nom de Ranthor. Elle est au courant de la mort de Denlor, et du siège de sa tour par les créatures de l'extérieur. Sa monture est magique : un familier hérité de son défunt maître.

— Un familier ? De quoi est-il capable ? Peut-on le contrôler ?

— Un familier est le compagnon d'un mage. Un bon familier offre des conseils, des avertissements, parfois il vous protège d'une attaque. Quelques-uns sont presque inutiles, mais elle a insisté pour qu'il l'accompagne dans la tour. Celui-ci doit avoir des pouvoirs.

— Serait-il envisageable de le gagner à notre cause ?

— Un bon familier est loyal jusqu'à la mort. Il ne se mettra au service d'un autre que sur ordre de son maître. Je ne pourrais pas le manipuler à ma guise, à moins que sa maîtresse ne le veuille. Tu ne lui dicteras jamais ta loi. Les familiers communiquent par télépathie avec leur mage ; il règne entre eux une véritable harmonie spirituelle.

— Maudits enchanteurs ! Vous vous excluez intentionnellement du reste du monde !

— C'est un fait. En dépit de la naïveté de la Cormyrienne, son étoile monte au firmament de la profession. Il va falloir compter avec elle... d'une façon ou d'une autre.

— Ou se servir d'elle ? grimaça Cadorna.

L'autre lui retourna un sourire aussi tordu.

— Qu'as-tu en tête, conseiller ?

— Tu sais, bien sûr, l'intérêt que je leur porte ; ils devraient m'aider à conquérir la place qui me revient... Elle veut l'assassin de son mentor, n'est-ce pas ?

— Oui, et alors ?

— Il me semble qu'un gnoll ayant participé au raid contre notre fabrique de textiles n'est pas étranger à l'affaire. Je suis sûr de *convaincre* la magicienne, et de l'amener à se rendre là-bas. L'idée doit être peaufinée ; je te ferai savoir quand j'aurai à nouveau besoin de tes services. En attendant, puisque l'argent t'importe peu, ceci t'intéressera peut-être. (Il lui tendit la dague rapportée de l'île de l'Epine.) Comme c'est étrange, Gensor. Sa lueur me dit que tu es un homme dangereux.

— Ou que c'est toi, conseiller, rétorqua le sorcier en la prenant.

Il referma les doubles portes derrière lui.

*
* *

— Tu te rappelles la teinte bleue de la robe de Céruléen ? demanda Shal, en reposant sa bière.

— Oui, répondit Ren. Il est toujours un peu bleu, même quand il ne collectionne pas les éclairs qui jaillissent des parquets.

— Eh bien, depuis qu'il est rentré ce matin, sa robe a pris une infime nuance rouge, sourit-elle, ravie.

— Ne comprends-tu pas ? s'exclama Tarl devant l'air perplexe de leur compagnon. Le pourpre est la couleur de Shal, pas celle de Ranthor. Le sorcier est vraiment en paix, et le familier appartient désormais à Shal.

— Le pourpre est la couleur de Shal ? Comment le sais-tu ?

— Je lui ai demandé, répondit le prêtre en le regardant dans les yeux. Parce que je voulais savoir.

Ren n'eut pas le temps de répondre ; deux hérauts firent irruption dans la taverne, sonnant si fort de leur trompette que la collection de liqueurs rares de Soth vibra sur l'étagère. Un troisième arriva et déroula un parchemin.

— L'Honorable Porphyrys Cadorna, quatrième conseiller de la cité de Phlan, requiert immédiatement la présence de Tarl Desanea de Vaasa, Ren de la Lame d'Eau Profonde, et de Shal Bal de Cormyr.

— Quatrième conseiller ? répéta Tarl. Allons voir ce qu'il veut.

— Je n'ai pas l'impression qu'on nous laisse le choix, dit Ren.

Ils suivirent les hérauts, jusqu'à un carrosse rutilant conduit par deux chevaux blancs.

— Ah, je vois que vous êtes en forme, les salua Cadorna. Remis de votre mission sur l'île de l'Epine ?

— Remis, et prêts à poursuivre *nos* activités, répondit sèchement Ren.

— Pas avant de me prêter main-forte pour un petit projet qui intéressera le prêtre, et donc ses amis.

— De quoi s'agit-il, quatrième conseiller ? demanda Shal.

— Allons dans l'auberge ; nous y serons tranquilles.

Les trois amis échangèrent un regard perplexe.

Cadorna donna l'ordre de faire évacuer l'établissement.

Amusé par les protestations de Soth, qui s'entendaient jusque dans la rue, Ren suggéra que l'aubergiste reste. A sa surprise, Cadorna acquiesça.

Le conseiller décrivit la ruine de sa famille consécutive à la désastreuse attaque des monstres ;

il prit Soth comme exemple des gens entreprenants et courageux qu'étaient ses parents et grands-parents : durs à la tâche et dotés d'un sens infaillible des affaires.

— Voilà pourquoi je suis persuadé que notre fortune est encore intacte. Comme vous le voyez, je n'ai rien d'un guerrier. Un espion m'a informé que notre fabrique de textiles était maintenant le repaire d'une bande de gnolls. Les deux équipes que j'y ai envoyées ne sont jamais revenues... Imaginez, être tenu en échec par des créatures aussi indolentes et idiotes que des gnolls !

— Indolentes et idiotes, peut-être, dit Ren, mais monstrueuses. Sans parler de leur manque de scrupules.

— Oui... Eh bien, ce n'est rien comparé aux monstres que vous avez vaincus au fortin de Sokol... On dit que le chef de ces créatures serait le fils d'une malheureuse tombée entre les mains de gnolls...

Il leur tendit un parchemin jauni ; il représentait la ville dans son ensemble, avant sa séparation en zones rescapées et sinistrées. Les commerces portaient le nom de leurs propriétaires, et des chiffres. L'ancienne fabrique de textiles occupait tout un pâté de maisons. Au verso du parchemin, le père de Cadorna avait tracé un croquis détaillé de la propriété. Le conseiller désigna un point précis :

— Je pense que le trésor se trouve ici. Des notes laissées par ma mère décrivent les trésors de famille qui devraient se trouver là.

— Je ne comprends pas, conseiller Cadorna, l'interrompit Tarl. Tu as laissé entendre que j'aurais un intérêt dans cette aventure...

— J'ai l'intention, en cas de succès, de céder une part généreuse du trésor au temple de Tyr : disons quinze pour cent.

— Pourquoi ne pas avoir fait cette offre aux prêtres ?

— Simple : retrouver ce trésor est une affaire personnelle. Je n'ai pas l'intention de la rendre publique tant qu'il ne sera pas entre mes mains.

— Tu pardonneras ma franchise, conseiller, dit Ren, mais tu ne nous demandes pas de reconquérir ce domaine pour le rendre de nouveau habitable ?

— C'est juste.

— Si nous nous y risquions en plein jour, quand les monstres dorment, où serait la difficulté ? Qu'est-ce que tu ne nous dis pas ?

Cadorna se racla la gorge, le regard fuyant :

— Oui... Eh bien... ce chef gnoll dont je vous ai parlé, et qui a l'air d'une hyène... Il se comporte comme un homme : parfois, il étrangle ses proies, ou il utilise des dagues empoisonnées... Ceci pourrait expliquer les difficultés des deux premiers groupes. Avec une intelligence supérieure pour les guider, les gnolls *deviennent* des adversaires formidables - même en plein jour.

Shal renversa sa bière sur la table. Ses compagnons la calmèrent de leur mieux.

— Qu'a donc cette pauvre femme ? demanda le conseiller.

— Un de ses amis a été tué par une dague empoisonnée, expliqua Tarl.

— Et deux autres ont été étranglés, ajouta Shal, remise de son émotion.

— Vraiment ? Je suis désolé, je ne savais pas...

— Un demi-gnoll..., réfléchit Ren à voix haute. Je n'en ai jamais vu. Les demi-orcs sont déjà révulsants, mais j'imagine que rien n'est impossible.

Ren se leva et posa les mains sur les épaules de

ses amis.

— Chacun de vous a une bonne raison d'y aller, dit-il. Vous pouvez compter sur moi.

— Ma décision est prise, dit Shal. J'irai.

— Nous irons tous, dit Tarl. Et s'il y a un trésor, nous te le rapporterons, conseiller.

Cadorna leur serra la main, avant de sortir. Il nota mentalement de faire en sorte que le trésor lui revienne à cent pour cent.

*
* *

Ren sur sa jument rouan, Tarl et Shal sur Céruléen... Les aventuriers étaient prêts à partir un peu avant midi.

Dès l'enceinte franchie, ils découvrirent les pires taudis de tous les Royaumes. Des abris précaires, adossés les uns aux autres dans une anarchie totale, attendaient que le vent les emporte comme autant de feuilles mortes. La décrépitude régnait en maître. Seuls des hybrides repoussés autant par les humains que par les monstres pouvaient vivre là.

Même les chevaux pincèrent les naseaux pour tenter d'échapper à la puanteur. Céruléen bombarda la magicienne de commentaires désobligeants sur la pestilence des lieux. Shal le fit taire en lui rappelant que la viande de cheval était sans aucun doute recherchée dans les parages.

Le trio se fraya un chemin sans encombre, si ce n'est quelques pièces de cuivre cédées à des mendiants particulièrement insistants. Les aventuriers parvinrent au Puits de Kuto qui se dressait sur une place apparemment déserte.

La nuque hérissée, Shal aurait juré qu'on les observait ; elle passa ses sortilèges en revue, tandis que les mains de Tarl se crispaient autour de sa taille. Ren sortit ses armes. Derrière eux monta un couinement ; Céruléen fit instinctivement volte-face. A l'autre bout de la place s'élevèrent les grognements caractéristiques d'orcs. Le familier se posta à égale distance des deux sources hostiles, puis recula lentement vers le puits. Ren fit de même.

Six grands orcs à tête porcine, armés de gourdins et de haches, sortirent d'édifices minables.

— A l'attaque ! siffla Ren entre ses dents, impatient d'en découdre.

— Non ! dit Tarl avec fermeté. Ils voient bien qu'ils ne font pas le poids contre nous. On en apprendra plus en leur parlant.

Les orcs avancèrent avec force cris et grondements.

Ren regarda le prêtre comme s'il avait la tête à l'envers, puis il s'adressa aux humanoïdes, en langue orque d'abord, en jargon de voleurs ensuite, qu'ils semblèrent comprendre.

— Arrêtez-vous, les menaça-t-il, ou on vous aplatit le crâne !

Ils continuèrent de brailler et de brandir leurs armes... mais n'avancèrent plus.

— Nous traversons cette place, continua Ren. On ne veut pas de problèmes.

— Nous tuons, pas de problèmes ! grogna l'orc le plus proche.

Ren pointa son épée courte sur lui :

— Je te tue, et il y aura encore moins de problème.

Le prêtre se prépara à lancer sa monture au galop.

— On ne tue pas, on ne tue pas ! paniquèrent les

orcs. D'autres tuent. Vous valez beaucoup d'or.

Ren en attrapa un par la peau du cou, et coinça sa lame sous sa gorge :

— Tu veux répéter ?

— Vous étiez au fortin de Sokol. Le Seigneur des Ruines vous veut morts. Il a offert beaucoup d'or pour vos têtes. On n'en veut pas ! D'autres vous auront !

Ren traduisit à ses compagnons ce qu'il venait d'apprendre, puis il lâcha son prisonnier.

— Laissez-nous tranquilles et vous aurez la vie sauve. Donnez l'alarme, et vous êtes morts !

Les cavaliers firent mine de charger ; les six orcs décampèrent à toute vitesse.

— Ils alerteront les orcs de la vieille cité à la minute où nous serons partis, dit Ren. Et avec la prime offerte pour nos têtes, ils reviendront en nombre. La seule raison qui les a poussés à tourner les talons, c'est qu'ils étaient morts de trouille. Imaginez un peu l'effet que ça leur a fait d'apprendre qu'on s'était occupé d'une cinquantaine d'orcs, de gobelins et de kobolds à Sokol ! Pour ces six-là, même la perspective d'une récompense n'a pas suffi !

— Je ne vais pas rester là à les attendre, dit la magicienne. En route !

Ren vint se ranger à son côté pour l'avertir :

— On trouvera ce demi-gnoll, si une telle créature existe, et le trésor, s'il existe aussi. En attendant, nous devons rester sur nos gardes.

— Il a raison, Shal, dit Tarl. Après l'aventure de Sokol, le Seigneur des Ruines a mis nos têtes à prix. On doit s'attendre à tout de la part de ces créatures. Inutile d'annoncer notre arrivée.

Ils cheminèrent en silence dans l'ancien quartier des savants. Son étendue leur fit prendre conscience de ce qu'était Phlan avant son anéantissement. On voyait encore les ruines des écoles, des lycées et des boutiques. Au centre se dressait un immense bâtiment, au toit calciné. Cette bibliothèque était encore plus grande que celles d'Arabel ou de Suzail, la capitale du Cormyr.

Shal eut envie d'explorer les archives, comme Tarl, sans doute ; tous deux partageaient la fascination des parchemins et des livres. Qui pouvait dire quels secrets contenaient ces tomes poussiéreux ?

Ren s'exaspéra :

— C'est *vous* qui avez intérêt à ce qu'on aille dans cette vieille demeure. Je n'ai jamais eu l'occasion de voler des livres, mais je parierais que les bêtes tapies dans ces couloirs ne feront qu'une bouchée de vous.

Ils passèrent leur chemin. A l'approche du mur délimitant le périmètre du complexe Cadorna, ils mirent pied à terre. Shal fit disparaître Céruléen dans le tissu magique.

Les gnolls avaient laissé un message de leur cru ; une fortification en bois, hérissée de piques, offrait aux visiteurs un assortiment de têtes putréfiées.

Ren désigna du doigt les gardes de faction, et chuchota :

— Les gnolls surveillent tout, et ne font attention à rien ! Quand ils ne ronflent pas, ils ont la tête dans la lune. Ils sont d'une stupidité crasse. Ils s'aligneront comme des soldats de plomb avant d'attaquer. Le tout est d'éviter leurs terribles coups de gourdin. Il est d'ailleurs surprenant que ces têtes soient encore en un seul morceau.

— Et leur chef à moitié gnoll ? demanda Shal.

— S'il existe, il doit avoir assez de cervelle et d'influence pour mettre au point une tactique.

Combattre les gnolls peut s'éviter assez facilement : il suffit de rester discret.

Ren lança sa corde lestée d'un grappin entre deux tours, et entreprit l'escalade. L'endroit était parfait : de l'autre côté de la palissade, un toit en pente douce donnait presque jusqu'à terre. Faisant signe à ses compagnons de le suivre, le géant blond se hissa silencieusement au sommet.

Imitant Shal, Tarl s'aplatit contre le mur à mi-parcours ; à droite, des orcs regardaient dans sa direction. Les trois amis ne pouvaient pas savoir que la toiture qu'ils avaient choisie abritait la cantine des soldats. L'heure de la soupe avait sonné. Tarl resta immobile, les muscles des bras tétanisés. Quand les deux gardes disparurent, le jeune homme, ankylosé, eut du mal à grimper les derniers mètres.

— Tu vois cette double cheminée ? murmura Ren, l'air dégoûté en humant l'air. C'est leur réfectoire ; ils sont en dessous de nous. Il faut continuer lentement et en silence.

Le trio se glissa de l'autre côté du bâtiment en s'aidant de la gouttière. Où que les regards se portent, tout était jonché de détritus.

— Si notre carte est exacte, la chambre au trésor devrait être dans un de ces édifices, murmura le voleur.

Une estrade supportait un poteau de torture muni de chaînes et d'un carcan. Trois sentinelles dormaient, adossées à la structure.

Près de là, le « jardin potager », fait de légumes et de fruits, ressemblait à un véritable dépôt d'ordures. Des caricatures de choux, de vignes tordues, d'abominables contrefaçons de thym, de menthe verte et d'autres herbes poussaient tant bien que mal dans un carré de terre. Etant ranger, Ren appréciait la beauté de la nature. La vue de cette parodie de jardin fit déborder la coupe. Tout rappelait au géant blond la mort de Tempête. L'assassin, le jardin, les gnolls... Il fut envahi par une rage comme il n'en avait plus connue depuis le meurtre de sa bien-aimée.

— Regardez ça ! cracha-t-il, défiguré par la fureur. C'est révulsant ! Comme le reste de cette singerie !

Tarl et Shal admirent que les herbes et les fruits étaient d'une étrange laideur. Quand leur compagnon fonça comme un fou vers la porte du bâtiment central, ils le suivirent, interloqués.

Ils le rejoignirent dans une grande salle. Le colosse blond tenait un gnoll en toge au creux de son bras, lui maintenant les mâchoires serrées de la main gauche. Il lui martelait la tête contre le mur. Eberlués, Tarl et Shal virent le gnoll glisser à terre, tout à fait mort.

Ren fonça vers des rideaux jaunes, entre deux vasques d'encens, et égorgea un deuxième homme-hyène. Dans une autre pièce, le ranger exécuta un troisième gnoll.

Derrière de nouveaux rideaux jaunes, les trois intrus s'arrêtèrent net : ils se trouvaient dans une immense salle aux parois dorées. Quatre prêtres étaient agenouillés devant le dais qui surplombait un autel. Un cinquième, en toge d'apparat, scandait la même litanie qu'à Sokol :

— *Pouvoir à la Fontaine, pouvoir à la Fontaine !*

Le gnoll resta muet de surprise à la vue des humains. Puis il donna l'alarme d'un couinement grinçant. Les quatre suppliants se relevèrent, firent volte-face avec une rapidité étonnante et empoignèrent une sorte de masse d'armes. Leur visage était jaunâtre, leur regard torve ; ils chargèrent avec la ferveur de fanatiques.

La folie meurtrière qui s'était emparée de Ren lui revint. Il s'élança, épées au poing. Confronté à une foi pervertie au-delà de l'imaginable, Tarl sentit la rage le gagner, et brandit son marteau.

Shal utilisa son Bâton de Pouvoir contre le quatrième gnoll. La créature, ivre de haine, s'y empala d'elle-même, mâchoires claquantes, gourdin brandi, les yeux voilés d'une pellicule jaune. Ses entrailles répandues sur le Bâton, elle s'immobilisa sur d'ultimes convulsions. Shal n'avait pas fait le plus petit geste. Lentement, le poids du mort fit plier le Bâton ; il glissa. La jeune femme tomba à genoux, poing contre la bouche pour s'empêcher de vomir. La voix de Ren la tira de sa prostration.

Trois prêtres gnolls gisaient morts sur le sol. Tarl maintenait le survivant d'une prise d'acier, pendant que Ren le questionnait.

Shal enjamba les cadavres et approcha de l'autel ; lui arrivant à mi-taille, sa surface d'acajou brillait d'une propreté inhabituelle pour les gnolls, à la saleté d'habitude repoussante. Des calices d'argent, œuvre des nains, entouraient une sphère grisâtre. Les calices noircis la mirent mal à l'aise sans qu'elle sût pourquoi. A les examiner de plus près, elle découvrit, gravés à leur surface, les visages caricaturaux des dieux bienveillants qui ornaient aussi son Bâton de Pouvoir...

Comme le reste du village gnoll, les objets liturgiques contrefaits étaient une profanation grotesque du naturel et du beau. Les calices tournaient en dérision la magie de Shal et tout ce qui était bon dans les Royaumes.

Elle voulut briser ces objets blasphématoires, mais suspendit son geste. L'infâme puanteur de la viande rance assaillit ses narines, mêlée à l'écœurante douceur du sang. Stupéfaite, elle s'aperçut que ce qu'elle avait pris pour une masse grise était une tête humaine coupée depuis des jours. La peau était livide, les yeux exorbités comme à la suite d'une strangulation. Le corps étendu derrière était légèrement écorché, suite à de nombreux coups portés à l'aide d'instruments abrasifs.

Une main contre la bouche, l'autre pressée sur son ventre, la nausée la menaçant, Shal étouffa un hurlement d'horreur, la tête renversée pour fuir la puanteur. Aveuglément, elle percuta du poing un calice et son hideux contenu, puis l'autre. Les murs dorés furent éclaboussés de sang et d'entrailles.

Le prêtre captif poussa des piaillements hystériques. Il tenta en vain de se dégager de la prise de Tarl :

— Pas de sang, pas de pouvoir ! Pas de sang, pas de pouvoir !

La gifle que Tarl lui assena ne suffit pas à le faire taire.

— Animal ! hurla la magicienne enragée. Animal !

Elle fonça, les mains en avant pour l'étrangler.

Tarl força le gnoll à s'agenouiller et s'interposa :

— Non, arrête ! C'est une abomination, et il mérite la mort. Mais nous ne devons pas le tuer.

Shal hurla de rage, désignant du doigt l'autel. Quand le jeune prêtre vit ce qui la mettait dans un tel état, il se mit à bourrer le monstre de coups de poings.

Ren s'empara du prisonnier, le temps que ses amis se calment. Tous deux pleurèrent en contemplant les restes de ce qui avait été un être humain. Tarl fit une prière à Tyr pour cette âme inconnue.

Une voix aiguë s'infiltra dans la conscience de la

jeune femme.

— *Il faudrait recouvrir d'un drap la tête de ce pauvre hère, Maîtresse.*

— *Oui, merci,* répondit-elle d'un ton distrait.

Elle recouvrit la dépouille d'un drap violet pris dans le tissu magique.

Au pied de l'autel, Ren remarqua le diorama d'une scène criante de vérité : un mur sculpté de pierre dorée représentait une grotte cyclopéenne. Une fontaine en forme de croissant constituait la focale de la scène miniature. Au creux de la courbe se trouvait un hexagone d'une élégance simple. De minuscules gemmes bleues brillaient à quatre de ses six coins. L'hexagone rappelait une broche ayant perdu quelques-unes de ses perles. Long de dix centimètres seulement, il jurait dans la perfection du décor. Les eaux scintillantes de la petite fontaine semblaient s'opacifier à proximité des pierres bleues.

D'une minuscule réplique de l'autel jaillissaient les eaux rouge sang d'une autre fontaine, qui retombaient en cascade dans le croissant, formant ainsi une mare d'or aux reflets aveuglants.

— C'est l'exacte représentation d'un lieu sacré pour les gnolls, expliqua Tarl.

— La Fontaine de Lumière, d'après ce type, dit Ren, en traînant le gnoll avec lui dans le creux de son bras. Il dit qu'ils doivent offrir des sacrifices réguliers pour garder cette fontaine *jaune* et le Seigneur des Ruines heureux.

— Des sacrifices ? s'exclama Shal. Mais c'est pire encore !

— J'ai peur qu'il s'agisse de la version gnoll d'un infâme rituel, dit Ren. Je n'ai aucune expérience des orcs ou des kobolds, mais il est probable qu'on trouverait chez eux des autels similaires, avec des dépouilles presque semblables.

Tarl blêmit.

— Tu veux dire qu'il y aurait d'autres autels de ce genre ? Des endroits aussi abominables ?

— Je suis navré, mais ce prêtre en appelle au Seigneur des Ruines. D'après ce que je comprends, toutes les créatures de Phlan la Sauvage lui vouent un culte.

— Un culte ? cracha Tarl, écœuré. A un être qui n'a rien d'un dieu ? Qui demande des sacrifices sanglants ? Quels pouvoirs possède ce monstre pour exiger pareilles horreurs ?

CHAPITRE VIII

DEMI-GNOLL

— C'est toi le prêtre. Tu dois savoir, dit Ren en resserrant sa prise autour du cou du gnoll.

Il se remit à questionner son prisonnier.

— Il dit, traduisit le colosse blond, qu'il y a des temples semblables partout où règne le Seigneur des Ruines. C'est la fontaine qui les rend forts. (Il assena une grande claque sur le crâne du prisonnier.) Ce sale porc faisandé dit que nous serons tous sacrifiés à la fontaine !

— C'en est trop ! décréta Tarl. Aussi vrai que Tyr est mon dieu, que ce temple sacrilège soit le premier à être détruit de mes mains !

Joignant le geste à la parole, il abattit d'un formidable élan son marteau sur le diorama : des gerbes dorées furent projetées à la ronde.

— De l'acide ! s'écria-t-il, chassant frénétiquement les gouttes de ses manches et de sa peau.

Ren et Shal s'étaient reculés d'instinct ; l'acide rongeait le bois, le tissu, la pierre, partout où les gerbes étaient retombées.

Grâce au Tissu des Innombrables Poches, la magicienne se procura rapidement une potion qu'elle versa sur les mains et les cheveux brûlés de son compagnon.

Déchaîné, écumant de rage, Tarl continua de frapper l'autel sacrilège. Puis il s'agenouilla pour réduire la fontaine miniature en poussière.

Le gnoll poussa des cris hystériques, ce qui lui valut un nouveau coup sur le crâne. La tête de hyène craqua ; le corps s'affaissa. Sans le vouloir, Ren venait de lui rompre le cou.

Le prêtre ne cessa de pilonner le diorama, même pulvérisé. Il fallut que le corps décapité du supplicié chutât sur lui pour qu'il s'arrête. Il se tourna vers ses amis :

— Je suis désolé. Je n'ai pas pu m'empêcher...

Ils le réconfortèrent à l'unisson.

— Je suis désolé, répéta-t-il. J'ai entendu parler d'autels dédiés à Bhaal et à d'autres dieux. Qu'on puisse adorer de telles horreurs, je ne peux pas le comprendre... Mais je n'avais jamais entendu parler de choses aussi répugnantes...

Ne demandant qu'à oublier ces abominations, Shal s'occupa de nouveau des blessures du jeune prêtre. Elle voulut appliquer un onguent à Tarl pour soulager les brûlures de l'acide, tandis que le jeune homme adressait un sourire enchanté à Ren. Mais ce dernier arrêta la magicienne :

— Pas ici. Les gnolls risquent d'être attirés par l'odeur.

— Il a raison, admit Tarl. On a de la chance qu'ils n'aient rien entendu. Ces murs doivent être plus épais que ceux du fortin de Sokol.

— Ne sous-estime pas les gnolls, dit Ren. Ils ont dû entendre ; ces salauds attendent sûrement que nous ressortions. Nous aurions intérêt à trouver une autre issue. Voyons ce qu'il y a derrière ces rideaux.

Son intuition paya. La porte dissimulée par les tentures donnait sur un tunnel qui les mena à l'arrière du bâtiment. La carte ne le mentionnait pas, pas plus que le temple. Par bonheur, le corridor courait le long de la structure. Ils débouchèrent à l'air libre, sans ennemis en vue.

— Les gnolls vont grouiller d'ici peu, chuchota Ren, sitôt la grosse chaleur de la mi-journée passée. Trouvons ce que nous sommes venus chercher, et partons sans demander notre reste. (Il pointa la main vers la gauche.) La chambre du trésor devrait être par là. Longeons les murs.

Il prit la tête, évoluant comme une ombre au milieu des papiers sales et des détritus. Shal suivait ; elle admirait sa grâce et sa sûreté. Elle admirait plus encore sa présence d'esprit, son sens pratique, sa connaissance des gnolls, qu'elle n'avait jamais rencontrés auparavant.

Tarl fermait la marche ; il était distrait par l'élégance féline de la magicienne. Il l'imaginait presque en métamorphe : puissante panthère à la musculature ondoyante un instant, jeune femme sensuelle une seconde après...

Le spectacle des têtes exposées sur des piques, et la vision des gardes qui se préparaient à relever leurs camarades le tirèrent efficacement de sa rêverie.

Ils parvinrent à un autre bâtiment ; Ren jeta un coup d'œil par une fenêtre. S'il avait été seul, le défi l'aurait stimulé. Mais avec ses compagnons pour lesquels il s'inquiétait, il se sentit dégoûté, contrarié et un brin effrayé.

Bien que souillées de détritus, les pièces servaient d'appartements privés. Un gnoll énorme, sans doute le chef, dormait en compagnie d'une femelle à la pose vulgaire. Les lampes soulignaient la décoration dépourvue de goût. Les murs étaient couverts de tableaux aux cadres dorés à la feuille, et de tapisseries couleur chartreuse ou magenta qui blessaient l'œil. Au pied de l'immense lit dormaient quantité de femelles gnolls. Ren ne voyait aucun moyen de gagner le fond de la pièce, sauf à la traverser. Shal et Tarl prirent la mesure de la situation en risquant un coup d'œil par la fenêtre.

Le voleur crocheta la serrure avant que Shal ait trouvé le sort adéquat. Il se glissa à l'intérieur avec l'adresse d'un monte-en-l'air. Tarl et Shal le suivirent de leur mieux.

Les créatures grommelèrent et s'agitèrent dans leur sommeil. Shal retint un cri de douleur quand l'une d'elles, en proie à un cauchemar, lui agrippa la cheville au passage. Heureusement, le monstre la lâcha. Tarl suivit en faisant un large crochet. Les trois amis parvinrent à destination sans autre incident.

Derrière une tenture aux couleurs criardes se trouvait une porte menant, selon leur carte, à une autre chambre et au trésor. Ils se glissèrent en file indienne derrière. Quand Ren toucha la poignée de la porte, seul son entraînement de ranger et de voleur lui permit d'étouffer un cri de douleur. Une fois la souffrance dissipée, il forma silencieusement sur ses lèvres les mots « serrure magique ».

Admirant la résistance de son compagnon, Shal lui donna une gentille tape sur l'épaule et se faufila devant lui. Elle invoqua Céruléen en lui ordonnant le plus grand silence.

Le cheval émergea du tissu enchanté sans le moindre bruit. Elle chuchota rapidement un sort de

Protection. Puis Céruléen poussa la porte du nez ; il fut de nouveau auréolé d'une lueur améthyste, mais sans crépitements. La porte s'ouvrit.

Shal tendit le carré de velours magique, que le familier réintégra sans discuter.

Une fois la porte franchie, elle la referma par magie. Ils étaient dans les ténèbres ; elle brandit sa torche éternelle.

— Plus personne ne peut nous entendre, expliqua-t-elle. C'est une pièce insonorisée par sorcellerie. Cadorna ne nous a jamais parlé d'un sorcier, ni dans sa famille, ni parmi les gnolls.

— Je crois qu'il aurait dit quelque chose s'il l'avait su, réfléchit Ren à haute voix. Si j'avais saisi la poignée à pleine main, j'aurais été tué sur le coup. Quel intérêt aurait-il à nous voir morts avant de récupérer son trésor ?

— Aucun, admit Shal.

Elle remarqua deux serpents peints sur le mur qui leur faisait face. Ils étaient identiques à celui du bracelet de l'assassin aperçu dans le globe de cristal.

Sa respiration soudain accélérée, sa pâleur mortelle alertèrent ses amis. Elle réussit à articuler, d'une voix presque enfantine :

— Le symbole... le serpent... celui de l'assassin de Ranthor. Cadorna avait raison... Ce demi-gnoll... C'est lui ! Il doit être sorcier, et ceci est son symbole !

Mains posées sur ses épaules, Ren la calma :

— Shal, cet hybride pourrait être notre meurtrier, mais ce signe - le serpent lové - est courant dans la région. Et je doute que des gnolls aient eu accès à cette pièce. Regarde : pas le moindre détritus, tout est propre.

Shal examina l'endroit ; elle inspira profondément. Il avait raison. Personne n'était entré là depuis des lustres. Qu'importait que l'assassin soit humain, humanoïde ou monstre ? Elle le retrouverait et elle vengerait son maître.

— Allons prendre ce que nous sommes venus chercher, reprit-elle, apaisée.

Le trésor était bien caché. Grâce à un sort de détection de Magie, un carré émeraude devint visible sur le mur. Un simple mot suffit à l'ouvrir. A l'intérieur, le trésor des Cadorna était intact : lingots d'or, broches serties de corail et d'ivoire, colliers d'or et d'argent ; s'y ajoutaient un superbe vase émaillé venu des Royaumes de l'Est et une cotte de mailles finement ouvragée, à la taille d'un nain. Dans un coin dormaient deux bracelets d'or avec le serpent lové en motif.

— Cadorna ? demanda-t-elle à Ren qui les examinait.

— Ne t'ai-je pas assez dit qu'il s'agit d'un symbole courant ? Tu ferais bien de faire un tour dans cette bibliothèque, à l'occasion - un autre jour naturellement.

Shal se tut ; elle enfouit le vase et la cotte de mailles dans le Tissu aux Innombrables Poches. Ren et Tarl se partagèrent les lingots d'or et l'orfèvrerie.

Ils quittèrent la pièce aussi discrètement qu'ils étaient venus. A l'instant où ils passaient la tenture, un gong résonna dans la cour, au milieu de cris et de piaillements d'alarme. Ils se plaquèrent contre le mur.

La chambre fut aussitôt sens dessus dessous ; l'hybride gnoll piétina les femelles pour sortir plus vite, suivi de ses sbires.

— Peux-tu appeler ton cheval ? chuchota Ren.

Elle hocha la tête.

— Bien. Tarl et toi allez profiter de la confusion pour fuir au galop ; je ferai diversion le temps nécessaire. Ensuite, je me débrouillerai pour traverser la cour, mais soyez prêts à me cueillir au passage !

Ils suivirent ses instructions. Quelques instants plus tard, les deux aventuriers furent en selle au milieu d'une cour plongée dans le chaos. Shal agrippait son Bâton de Pouvoir à bonne hauteur pour frapper les gnolls à la nuque. Tarl maniait son marteau en expert.

Au même instant, un cri de guerre éclata : Ren courait, dagues aux poings. Plusieurs groupes de gnolls convergèrent vers lui. Pour se battre efficacement contre eux, il suffisait d'esquiver leurs coups. Ces grandes créatures étaient gauches, mais quand elles faisaient mouche, on ne s'en relevait pas. Véritable tourbillon, il para, plongea, joua de la lame pour se tailler un passage dans les rangs ennemis. Un monstre parvint à lui faire mordre la poussière ; on lui écrasa la main avant qu'il arrive à se relever.

La douleur fut comme une décharge de foudre ; il crut exploser sous le choc. Réagissant d'instinct, il se battit comme un forcené. La douleur et la peur lui insufflèrent une terrible fureur. De sa main valide, il sortit son épée courte et émascula un gnoll à la volée, puis étripa un autre d'un revers de lame. Même assoiffés de sang, les monstres durent reculer ; Ren comprit qu'il lui fallait forcer son avantage. Il s'élança à travers la cour...

... Pour tomber nez à nez sur le chef.

Le voleur blond n'avait jamais vu pareille créature ; Cadorna n'avait pas menti. De haute taille, fort musclé, on aurait pu le prendre pour un géant, n'était-ce son visage. Un nez bien humain trônait au milieu d'un museau de hyène ; des lèvres roses encadraient une dentition canine. Les yeux étaient saisissants : immensément grands, rouges, bien écartés, Ils brillaient d'une intelligence humaine - celle, acérée, d'un fou. L'hybride tenait une épée à double tranchant et une longue dague.

— Limace d'humain ! N'imagine pas une seconde pouvoir m'échapper !

Il parlait d'une voix épaisse, difficile à comprendre. Sa bouche déformée articulait des sons à peine humains. Ren le défia :

— Vermine d'hybride ! N'imagine pas une seconde pouvoir m'arrêter !

— Tu veux te battre, ver de terre ?

— Ouais ! Rien que toi et moi. A mort !

Une bande de monstres approchait ; leur chef les fit reculer d'un geste. D'autres arrivaient des bâtiments alentour ; d'un regard menaçant, le demi-gnoll les dissuada d'intervenir.

Plus un ennemi ne leur barrait le chemin de la liberté. Mais Tarl et Shal restèrent pétrifiés d'horreur devant ce qui se préparait. L'étrange duel commença.

L'immense homme-gnoll leva son épée.

— Dieux et demi-dieux ! J'en ai assez vu ! hurla la magicienne d'une voix qui couvrit le tumulte.

Elle ordonna à Céruléen de bondir. Le cheval se lança au galop. Shal pointa son Bâton ensorcelé sur le chef gnoll. De trois mots magiques, elle lança un éclair à l'autre bout de la cour.

Puis elle bombarda la foule de gnolls. Des boules de feu et des éclairs dansèrent un ballet mortel dans les rangs des monstres à face de hyène. Seul le petit groupe entourant le voleur échappa au massacre.

Sitôt remis de la surprise de voir son ennemi

148

voler dans les airs, Ren prit ses jambes à son cou.
Il sauta sur sa pouliche affolée et la lança au galop.

Shal piqua des éperons à son tour. Fasciné par sa
belle furie guerrière, Tarl se serra très fort contre
elle.

*
* *

Les deux cavaliers s'arrêtèrent à bonne distance
du village gnoll. Aucun signe de poursuite.

— Pourquoi as-tu fait ça, au nom des Enfers ?
demanda Ren, rouge de rage.

— Cette chose allait te réduire en bouillie !
répondit Shal, aussi enragée. Je devais agir !

— Mais c'était un duel à la loyale !

— A la loyale ? A quoi te sert l'honneur une
fois que tu es *mort* ? Ne comprends-tu rien à rien ?
Il t'aurait tué ! J'en ai assez vu pour aujourd'hui !
C'est aussi l'honneur qui guidait tes actes quand tu
as massacré quatre gnolls innocents ?

— *Innocents* ? Tu as oublié le cadavre du temple ?

— D'accord, pas innocents. Mais ils ne t'avaient
strictement rien fait. Notre but était de nous emparer du trésor et de filer, non de voir combien de
gnolls on pourrait massacrer !

— Ah oui ? Et qui a lancé une rafale de boules
de feu sur eux ? Par Tymora, ce n'était pas moi,
que je sache !

— D'accord, je me suis emportée. Mais je n'ai
jamais été aussi écœurée de ma vie ! Ça menaçait
depuis le début ! Avec les ordures, la puanteur, le
supplicié du temple, son sang et ses entrailles dans

les calices, et l'hybride crasseux qui voulait ta peau...

La furie qui avait porté le voleur mourut d'un coup. La douleur eut raison de lui ; il tomba de cheval, évanoui.

Shal et Tarl sautèrent à terre. La jeune femme arrêta le sang qui coulait du poignet du géant ; Tarl posa la main sur une profonde entaille qui barrait son front et pria. En quelques instants, l'hémorragie cessa. Mais la gravité des blessures nécessiterait plusieurs jours de soins. Il aurait fallu un prêtre aussi versé dans l'art de la guérison que frère Sontag pour que Ren se rétablisse tout à fait. Le voleur reprit connaissance.

La dispute oubliée, les trois compagnons s'inquiétèrent de leur santé respective. Puis ils remontèrent en selle, prêts à quitter Phlan la Sauvage.

Aux portes de la ville, des gardes armés entourèrent les aventuriers ; ils étaient aux arrêts sur ordre du quatrième conseiller Cadorna !

— Aux arrêts pour quoi ? demanda la jeune femme.

— Pour excursion dans les ruines sans autorisation, répondit un officier.

— Mais notre mission était connue de Cadorna ! protesta Ren. C'est lui qui nous a envoyés là-bas !

— On obéit aux ordres, un point c'est tout. Franchement, si j'étais vous, je serais heureux de m'en être sorti vivant. Bon, assez parlé, en avant !

Quand ils furent dans la prison, un jeune garde aboya :

— Descendez de cheval ! Allez à cette table, là. Ouvrez vos sacoches, vos gibecières. Videz vos poches, vos chaussures ; mettez tout sur la table. Triez ce qui appartient au conseiller.

D'un mot, Shal scella magiquement ses affaires.

Elle retira discrètement le vase du tissu enchanté ; un signe de tête de Ren la dissuada d'en sortir également la cotte de mailles.

Avec la dextérité d'un tire-laine, Ren fit passer les deux pierres *ioun* des pommeaux de ses dagues dans le gant caméléon de sa main droite. Il s'empressa d'aider la magicienne à retirer sa ceinture :

— Là, mon cœur, laisse-moi t'aider.

Rougissante, elle sentit qu'il pressait quelque chose contre sa taille. Elle fit mine de le repousser, la main sur sa ceinture :

— Je suis assez grande, merci !

Elle glissa le gant enchanté - et les pierres *ioun* qu'il contenait -, dans le tissu magique.

Caché non loin de là, Gensor avait observé l'incident. Il soupçonnait quelque chose, mais il n'avait rien vu d'anormal. Tarl qui n'avait rien compris non plus, foudroya Ren du regard. Sans un mot, il déposa sur la table son marteau, son bouclier, son armure, et le trésor des Cadorna. Quand le garde insista pour qu'il ôte son médaillon sacré, il répliqua d'un ton glacial :

— Il faudra me tuer d'abord.

— Allons, allons, nul besoin d'en arriver là.

Cadorna déambulait paisiblement dans la salle, le regard gris rivé sur l'or que Ren venait de retirer de sa sacoche.

— Pourquoi nous mettre en état d'arrestation pour avoir exécuté ta mission ? s'indigna Shal, furieuse.

— Trêve d'irritation, ma jeune dame. A l'évidence, ces gardes se seront mépris sur mes intentions. Je voulais qu'ils vous escortent jusqu'ici.

— Peur que nous ne disparaissions avec ton trésor ? s'enquit Ren, sarcastique.

— Naturellement, je voulais voir ce que vous

alliez rapporter.

— Vas-tu revenir sur ta promesse de céder une partie du trésor au temple ? demanda Tarl.

— Frère Tarl ! Je suis offensé que tu le penses ! Je voulais simplement m'assurer que tes associés ne céderaient pas à la tentation.

— J'ai foi en mes amis.

— Je n'ai foi en personne.

Après avoir examiné le trésor, il en fit une pile, puis, un sourire fielleux aux lèvres, tendit un lingot et la broche de corail et d'ivoire au prêtre.

— Voici pour le temple. Généreux, n'est-ce pas ?

Mâchoires serrées, Tarl accepta. On était loin des quinze pour cent promis. Mais ça aurait pu être pire.

— Vous voici libres, conclut Cadorna. Mes remerciements. Vous m'aiderez de nouveau si j'en ai besoin, n'est-ce pas ?

CHAPITRE IX

LE TEMPS EST AU MEURTRE

Phlan et la Mer de Lune étaient livrées au tumulte d'une épouvantable tempête. Les éclairs zébraient les cieux ; le fracas du tonnerre roulait sur des dizaines de lieues. Un expert en météorologie aurait relevé une nuance de perversion dans ces éclairs pourpres. Mais les habitants étaient trop heureux de trouver refuge sous leur toit.

Non loin du cœur de la tourmente, au nord-est des ruines, se dressait le château de Valjevo. Malgré sa décrépitude, il dominait encore le site. Il avait sans doute compté parmi les domaines les plus imposants des Royaumes. De fantastiques pouvoirs occultes avaient dû être requis pour transporter les gigantesques dalles de granit et de marbre. Malgré le feu des dragons, la structure avait été relativement épargnée.

Ses tourelles en ruine s'élançaient autrefois à des centaines de pieds de hauteur. A une profondeur à peu près égale, dans les entrailles du château, le dragon de bronze s'agita nerveusement, à demi immergé dans la Fontaine de Lumière.

— N'aurais-je donc jamais de paix ? tonna la bête. Le sol tremble sous les coups d'une furie qui n'est pas la mienne ! Où sont mes pierres *ioun*, Zizanie ?

Une étrange jeune femme, prostrée à ses pieds, releva la tête. A demi orc, elle serait passée pour humaine sans son groin porcin. Elle portait une cotte de mailles ajustée sous une cape ; sa tenue de cuir mettait en valeur sa silhouette élancée. Elle parlait d'une voix rauque :

— Elles ne sont pas à Surd, ni nulle part en Sembie. Ma troupe d'assassins et moi avons torturé et tué toute personne susceptible de savoir où elles étaient - en vain.

— Et tu n'as rien trouvé ? En deux semaines, tu n'as rien rapporté ?

— Je n'ai pas dit ça, maître. Je ne rapporte pas de pierres *ioun*, c'est vrai. Mais le sang a coulé à flots, et les esclaves orcs ont transporté les sacrifiés dans tes temples. (Elle désigna d'un geste une pile étincelante, aux pieds du dragon.) Des trésors sans pareil sont à toi. Je suis prête à repartir en campagne.

Le dragon replongea sa queue géante dans la fontaine maléfique. Il siffla de plaisir quand le sang des sacrifices perpétrés dans des dizaines de temples se mêla à l'eau dorée ; le phénomène lui insuffla de nouvelles forces. Le grand wyrm grogna en s'abîmant avec délices dans le bain de jouvence.

— Trois misérables aventuriers ont détruit un de mes temples, dit-il. Ils ont massacré un contingent de gnolls. Un quartier supplémentaire de la ville a été reconquis par la vermine humaine, du fait de leur intervention. Je t'en ai déjà parlé.

Zizanie hocha la tête, se souvenant de la furie de son maître. Elle était étonnée que, parmi ses milliers de serviteurs, aucun n'ait encore réussi à le débarrasser de trois humains.

— Oui, ils sont toujours en vie ! cracha-t-il. Ils ont eu affaire à des lâches, qui ont expiré entre leurs mains. Je t'invite à les convertir à notre cause, ou à les abattre comme des chiens. Tu es une des rares créatures qui puissent se rendre sans encombre dans Phlan la Civilisée. Tu disposes de toutes mes ressources. Une fois les deux pierres *ioun* en ma possession, je pourrai compléter l'hexagone du pouvoir... Je contrôlerai les elfes, les nains et même les humains. En attendant, apprends ce qui motive ces trois-là. Promets-leur tout ce qu'ils voudront, mais qu'ils travaillent pour moi. Ou rapporte-moi leurs carcasses exsangues ! Si tu réussis, ta récompense sera...

Le regard de la jeune femme s'embrasa :

— Je connais la générosité de tes récompenses, maître. Et tu sais à quoi aspire mon âme.

— Oui, Zizanie... Je sais.

En paiement de ses bons et loyaux services, elle recevrait ce que le meurtre et le pillage ne pourraient jamais lui procurer : un nez humain, ce petit morceau de cartilage triangulaire qui ne soufflerait pas quand elle voulait le silence, qui ne serait pas la cible de plaisanteries et de dérision, qui ne la désignerait pas comme une hybride aux yeux du monde... Un objet de mépris.

*
* *

155

Le grand dragon de bronze continua à savourer l'immersion revigorante quelques instants après le départ de Zizanie. Son immense corps était impressionnant : puissant, débordant de vitalité, invulnérable à la plupart des attaques. C'était un excellent choix pour Tyranthraxus, le Grand Voleur de corps.

Depuis plus d'un millénaire, la sombre entité résidait dans le plan matériel. Contrariée par le concept de mortalité, forcée de recourir parfois à l'être le plus faible ou le plus corrompu, et de dépendre de ressources physiques lamentablement limitées, elle avait été obligée pour survivre d'adopter la forme de créatures aussi minables que des lézards ou des écureuils. Elle avait possédé des humains par centaines, vite détruits par sa puissance. Etant doués de parole, les hommes étaient plus intéressants à contrôler.

Le dragon était un choix plus judicieux encore. Son esprit était déjà dominé par un sorcier de haut niveau quand Tyranthraxus en avait pris possession. Le Grand Voleur avait comme compagnon mental un esprit millénaire - chose inhabituelle dans ce plan -, ayant acquis de formidables capacités occultes. Tyranthraxus devait constamment repousser les objections du mage vis-à-vis de ses malversations.

Ce qu'il n'aurait jamais pu espérer obtenir dans son plan d'origine, lui, entité minuscule entourée de géants, était à portée de main dans ce monde peuplé de créatures débiles. Il contrôlait déjà des légions d'esclaves dans un périmètre télépathique important. En corrompant la Fontaine de Lumière, élément magique créé à l'origine par la déesse Séluné pour purifier ses fidèles, Tyranthraxus avait trouvé le moyen de mettre à sa botte tout un plan d'existence.

Chaque goutte de sang versée dans la Fontaine, chaque pierre *ioun* augmentait ses forces. L'hexagone était l'ultime arcane de la puissance. Il contrôlerait bientôt les actes de toutes les créatures vivant dans ce plan.

Pour l'éternité.

*
* *

— Par décision de l'honorable premier conseiller de la ville de Phlan, Porphyrys Cadorna est nommé deuxième conseiller.

Cadorna salua gracieusement le premier conseiller, les membres du Conseil, et la salle. Une horde de gnolls avait été délogée de l'ancienne propriété des Cadorna. Il avait immédiatement fait appel à la Garde Noire, un corps de mercenaires particulièrement efficace, pour investir la bibliothèque abandonnée, les bas quartiers environnants et les annexer au nom de Phlan la Civilisée. Dans le même temps, le temple de Tyr avait reçu de lui une donation exceptionnelle.

Il prononça quelques paroles de circonstance, sourit quand il le fallait, et se retira dès que possible dans ses appartements privés, où patientait Gensor.

— Tu crois que ces trois-là m'ont caché quelque chose ? commença-t-il.

— Une partie du trésor, ou autre chose, répondit le thaumaturge, je ne saurais le dire. Mais le plus grand, le dénommé Ren, n'irradie plus la magie remarquable que j'avais repérée. Je l'ai vu toucher la femme quand ils ont posé leurs affaires sur la table. Je n'ai rien détecté d'anormal, mais il est très habile. Ils ont très bien pu échanger quelque chose.

— Les racailles ! Les filous !

Le sorcier ricana, et poursuivit :

— Je te rappelle que j'ai contacté la Garde Noire à ta requête, et que sa première tâche a été menée à bien.

— Oui... Mais la seconde ?

Le nouveau deuxième conseiller avait hâte d'entendre la nouvelle qui consacrerait son ascension au pouvoir.

— Ils sont prêts à combattre la Garde de la ville. Selon tes instructions... (A l'expression de terreur et de furie de son interlocuteur, il rectifia :) Selon *mes* instructions, ils préparent une flèche orque pour le premier conseiller. Tout le monde pensera qu'elle a été décochée de l'extérieur du mur d'enceinte. C'est un bon plan.

Cadorna sourit, puis se rembrunit :

— Mais... et le trésor que les autres m'ont volé ? Peux-tu le récupérer ?

— La force physique n'est pas l'apanage des magiciens, c'est un fait, mais tu aurais tort de croire que notre art est proportionnel à notre constitution plus ou moins frêle. Je ferai le nécessaire. Mais rappelle-toi que ce n'est qu'une hypothèse. Je n'ai rien vu, après tout.

— Va, s'exaspéra Cadorna, mais rends-moi compte des événements ce soir. Compris ?

— Oui. Oh, avant que j'oublie... Et le Seigneur des Ruines ?

— Que veux-tu dire ?

— Comment as-tu justifié l'anéantissement du village gnoll ? Il a dû être furieux.

— J'expliquerai à son messager, quand il se

présentera, que j'ai été forcé d'agir, mais que l'intégralité des biens dérobés lui sera bientôt restituée.

— Intéressant... Est-ce *vraiment* ton intention ?

— Est-ce *vraiment* ton affaire, mage ?

— Non, j'imagine. Mais je le saurai tôt ou tard.

*
* *

Des nuées couleur ardoise roulaient en cercle au-dessus de sa tête. Des éclairs furieux striaient les cieux. Shal tendit ses bras musclés au ciel en entonnant une fois de plus le sort de Contrôle Météorologique.

Une vapeur serpentine coula des nuées orageuses qui semblaient se livrer combat, et s'abattit en spirale, entraînant une véritable tornade dans son sillage. D'un geste triomphant, la magicienne dévia la tourmente vers la mer ; les eaux de la Mer de Lune furent aspirées dans les airs en un furieux vortex.

Quand le cyclone glissa en direction de l'embouchure, elle enragea de ce nouvel échec. Elle tenta de dévier la tourmente qui menaçait de dévaster les navires amarrés au port. Maintenir le typhon à distance exigea toute son énergie. Puis le phénomène fut de nouveau refoulé au large. Epuisée, Shal s'allongea sur le toit de l'auberge.

Céruléen, nimbé d'une brillante aura pourpre, était à son côté.

— *Quel risque tu as pris là, Maîtresse* !

— Peut-être, mais c'était nécessaire pour préparer ma vengeance. Quand Ranthor était de ce monde, je m'exerçais aux arts occultes comme j'aurais fait autre chose. Je n'avais pas mesuré la chance qui m'était offerte.

Elle se leva et flatta la robe magnifique du familier, admirant sa beauté et sa grâce.

— *Ce que tu as fait*, poursuivit-il, *lancer sort sur sort à la limite de ton expérience et de tes compétences, était terriblement risqué. Je ne comprends pas ton obsession...*

— C'est pourtant simple, Céruléen. Il ne s'agit pas seulement d'être excellente en mémoire de Ranthor. C'est ma vie qui est en cause. Pour moi, la magie était un travail comme un autre. J'avais décidé d'employer mes modestes capacités à des fins commerciales : pour le transport de marchandises, par exemple, ou comme un moyen d'intimidation contre les mauvais payeurs... Je ne l'avais jamais prise au sérieux, en fait. Maintenant je me rends compte que mon talent est *réel*, que mon goût pour la magie est fort, et... je ne déteste plus mon nouveau corps.

— Ah oui ?

Ren surgit derrière eux ; sa silhouette se découpait sur le ciel d'orage.

Shal secoua la tête, impressionnée malgré elle :

— Tu ne devrais pas surprendre ainsi les gens.

— Cela me donne l'occasion de... voir des choses.

Riant, elle le laissa l'attirer contre lui.

— Voir quoi ? Une magicienne en fichu état et son cheval pourpre ? (Ren l'étreignit.) Une belle femme qui...

Un grincement... Quelqu'un escaladait l'échelle. En un éclair, le voleur la lâcha et s'élança sur l'intrus.

La tête de Tarl apparut :

— Soth m'a dit que je vous trouverais là...

Désolé, dit-il, voyant l'expression de son ami.

— Désolé aussi, fit Ren. Notre arrestation m'a rendu nerveux. J'ai le sentiment de n'être plus en sécurité nulle part. Je vois des ombres partout ; j'ai beau m'assurer que personne n'épie, j'ai la sensation d'être constamment surveillé.

Tarl comprit qu'il avait *interrompu quelque chose* entre la jeune femme et Ren. Il se hissa sur le toit et parla de ses propres appréhensions :

— Je n'ai pas ton ouïe ou ta vue aiguisée, Ren, mais je *sais* qu'on m'a suivi. La personne qui m'a filé ne s'est d'ailleurs pas encombrée de subtilité. Elle est attablée dans la salle commune, à l'étage au-dessous.

— Qui ? demandèrent Shal et Ren à l'unisson.

— Une demi-orc. Seul son nez la distingue des autres femmes. Elle porte un cimeterre, des dagues et une cape grise. A mon avis, elle attend une occasion de nous parler.

— Cadorna ! déclara Shal. Il ne lui suffit pas de nous faire arrêter comme de vulgaires criminels ; il nous fait surveiller.

— Le trésor ? murmura le voleur.

— Rendons-lui ses biens, dit la magicienne. A quoi nous servent-ils de toute façon ?

— D'abord, expliqua Ren, je n'étais pas sûr que tu puisses escamoter la cotte de mailles sans attirer l'attention... Et il fallait que je cache les pierres *ioun* coûte que coûte. (Il poussa un profond soupir.) Si Cadorna était digne de confiance, je serais le premier à les lui restituer. Mais c'est un bandit de grand chemin !

— Tu crois qu'il a quelque chose à voir dans le meurtre du maître de Shal, et qu'il nous tuerait aussi s'il apprenait que nous le soupçonnons ? demanda Tarl.

— Oui, je le crois. Mais sans certitude. Si l'hybride gnoll est impliqué, il dû être payé...

— J'ai la chair de poule chaque fois que j'approche ce Cadorna, cracha Shal entre ses dents, et j'ai la conviction qu'il est responsable de ces crimes. Mais je n'ai pas de preuve et j'ignore ses motifs. Je suis prête à recourir à la magie pour en savoir plus.

— De retour du temple, j'ai entendu dire qu'il venait d'être nommé deuxième conseiller, dit Tarl. Il a d'immenses ressources à sa disposition ; sans compter la milice privée qu'il a engagée.

— Il va falloir jouer serré, dit Ren. Quand nous connaîtrons le pourquoi de ses actes, nous le tiendrons. En attendant, allons souper.

— Et la femme en gris ? demanda Tarl.

— Si elle nous suit, nous apprendrons peut-être qui l'envoie.

— Je le découvrirai, dit Shal, une étrange lueur au fond des yeux.

*
* *

Dans la salle commune, les trois amis s'attablèrent près du comptoir. La mystérieuse femme-orc était quelques tables plus loin, sa peau mate et sa chevelure d'ébène contrastant vivement avec les tons pastel de l'établissement.

Elle approcha quand ils eurent terminé leur repas, les regarda en face, et s'assit sans demander l'autorisation. Elle s'adressa directement à Tarl de sa voix rauque et sourde :

— Je peux guérir ton frère.

Il la fixa de ses grands yeux :

— Comment ? Que peux-tu faire pour Anton ? Et qui es-tu ?

— Je m'appelle Zizanie. Je suis la messagère de... du Seigneur des Ruines, finit-elle dans un murmure.

— Dis ce que tu as à dire, et déguerpis, chienne d'orc ! souffla Ren, dague en main.

— Paix, voleur ! cria-t-elle, le foudroyant du regard. Six guerriers présents dans cette salle sont également à son service. Tu n'aurais aucune chance contre eux.

— Toi et deux d'entre eux au moins mourrez avant moi.

— Peut-être, mais je ne suis pas là pour ça, ni eux. (Elle posa les mains à plat sur la table en signe d'apaisement.) Je suis venue pour passer un marché avec vous.

— Parle, dit Shal, Bâton en main.

— J'ai déjà fait une offre... Je m'assurerai que l'ami du prêtre soit guéri. Je nommerai aussi le meurtrier de ton maître ; je peux le tuer si tu le souhaites... Pour toi, voleur, je débusquerai celui qui a tué ta bien-aimée. Je te laisserai le plaisir de l'étriper, n'aie crainte.

Le jeune homme bondit et l'attrapa par le col :

— Espèce de vermine, que sais-tu de ma Tempête ?

— Lâche-moi, ou c'est toi qui sera tué !

Six guerriers avaient bondi de leur chaise et approchaient.

Tarl posa la main sur l'épaule de son ami ; Ren lâcha prise.

— Je veux savoir ce qu'elle peut faire pour frère Anton, dit le jeune prêtre.

— Comment es-tu si bien renseignée, Zizanie, et qu'as-tu d'autre à proposer ? cracha Ren.

— Je sais tout cela, parce que mon maître contrôle tout. Servez-le, et vous obtiendrez les informations nécessaires pour mener vos quêtes à bien.

— Il peut guérir Anton ? demanda le jeune prêtre, hésitant.

— Bien sûr, lui lança Ren, mais en échange de ton âme ! Réfléchis, Tarl !

— Ton ami exagère, Tarl. Servir le Seigneur des Ruines ne revient pas à se damner. Il n'est pas un démon. Il entend qu'on lui obéisse, c'est tout. Regardez-moi : je suis une femme libre.

— Tu es un *porc* libre ! cracha Ren.

— En voilà assez ! s'écria Shal. Je n'ai que faire de ton étroitesse d'esprit, Ren ; les offres de l'ennemi ne m'intéressent pas davantage ! Je parle en notre nom à tous, Zizanie : nous avons vu ce qu'obéir à ton maître signifiait... Va-t'en !

— Le Seigneur des Ruines obtient toujours ce qu'il veut... *Toujours*, siffla-t-elle, furieuse, en se levant.

A l'instant où l'hybride atteignait la porte de l'auberge, elle fit volte-face et lança une dague.

Ren voulut s'interposer, mais un séide de Zizanie le frappa dans le dos et l'envoya rouler à terre.

La lame empoisonnée se ficha dans l'épaule de la magicienne, qui n'avait pas eu le temps d'esquisser un geste de défense ; la mort verte se déversa instantanément dans ses veines. Elle tomba, prise de convulsions.

Vif comme l'éclair, Ren se releva et étripa l'homme qui l'avait frappé. Tarl, aussi rapide, attaqua au marteau les deux guerriers les plus proches. Céruléen réagit avec la plus grande férocité. Surgissant du tissu enchanté sur l'ordre mental de sa maîtresse, il piétina tout ce qui se trouvait sur son chemin. L'immense cheval rua et se cabra, encore et encore ; la demi-orc n'eut pas la moindre chance. Il l'écrasa sous ses sabots et lui réduisit le visage en bouillie. Le plus grand mage des Royaumes n'aurait pas su lui rendre figure humaine.

Mais tuer Zizanie ne sauva pas Shal du poison. Tarl avait été blessé par le dernier guerrier, avant que celui-ci succombe sous les coups de Soth.

Désespéré, Ren courut vers la jeune femme.

— Le temple..., bafouilla Tarl. Emmène-nous au temple !

Il s'évanouit avant de réussir à articuler une incantation de guérison.

Soth fit un pansement de fortune au jeune homme et apostropha les clients paralysés par la sanglante algarade :

— Ne restez pas là à bayer aux corneilles ! Allez chercher un attelage, vite !

Ren creusa la blessure de la pointe de sa lame et suça le poison. Mais la mort verte gagnait le cœur de la jeune femme.

Le voleur la transporta dans la charrette où Soth avait déjà allongé le prêtre inanimé. Ren attela Céruléen, piaffant d'impatience, et l'animal magique partit à un train d'enfer.

A leur arrivée, les prêtres du temple se précipitèrent ; Céruléen fonça vers le bâtiment principal, ne s'arrêtant que devant les marches.

Dans le flot presque incompréhensible de paroles que lâcha Ren, les frères, qui avaient l'habitude de s'occuper de personnes choquées par des drames, isolèrent les termes « poison » et « saigner ». On installa immédiatement les blessés à l'intérieur.

— Nous allons tout faire pour les sauver. Tu ne peux rien de plus, ranger. Pars en paix et reviens au matin.

Ren les regarda, les joues baignés de larmes.

— Vous ne pouvez pas les laisser mourir ! S'il y a du nouveau... je serai... au *Gobelin Rieur*, ou peut-être... au parc, près de la tour du Sorcier, à l'autre bout de la ville.

Il repartit, voûté, anéanti.

*
* *

Il ne se rappela rien du trajet entre le temple et le parc, et il ne sut jamais combien de temps s'était s'écoulé. La tempête s'était apaisée, mais le ciel restait chargé. Une nuit d'encre était tombée sur la ville. Seuls des elfes ou des rangers pouvaient en percer les ténèbres. Il alla au centre du parc, où trônait un majestueux conifère.

Il fit des petits tas de violettes, d'épines et de glands de sapin, au pied de l'arbre, et murmura :

— Tempête, j'ai besoin d'accepter ta mort... Personne ne peut te remplacer, tu le sais. Même Shal, si elle te ressemble, n'est pas vraiment toi. Je ne vais plus chercher à te remplacer... Personne ne le peut. Pardonne-moi si la vie reprend son cours, Tempête. (Il refoula ses larmes.) Comment dit-on ? Poussière, tu es, poussière tu redeviendras... Tu aimais les arbres et la vie en plein air comme moi... Adieu, ma Tempête.

Sa voix se brisa.

Un cri perçant déchira l'air.

Sans bruit, Ren se coula jusqu'au mur d'enceinte de la ville. Le hurlement provenait des ruines. Il lança son grappin ; le second essai fut le bon. Il escalada le rempart.

De l'autre côté, un guerrier solitaire se battait contre un troll. Deux humains gisaient, probablement morts, au milieu d'un tas de trolls abattus. De son perchoir, le voleur vit des membres frémir de-ci, de-là. Les fantastiques facultés de régénération des trolls étaient à l'œuvre.

Peu de créatures des Royaumes étaient aussi hideuses. Leurs corps étaient des visions de cauchemar, des parodies géantes d'humanité. Leur visage semblait une morbide caricature des pires angoisses d'enfants. Même taillés en pièces, ils étaient capables de se reconstituer rapidement.

Ren en avait déjà vu en plein jour : leur peau putride évoquait la boue, le limon ou une moisissure d'un vert maladif. Sans perdre de temps, le géant blond vola à la rescousse du vaillant inconnu.

Il versa d'abord de l'huile magique de son flacon sur le tas de trolls qui s'enflamma instantanément. A moitié étouffé par la puanteur et la fumée, il esquiva d'instinct l'attaque du dernier monstre. Puis il plongea son épée dans le ventre gluant et remonta lentement la lame, avant de sauter en arrière, hors de portée des battoirs du monstre.

La créature presque coupée en deux hurla sa rage et lui sauta dessus.

Ren aurait été tué sur place, si le guerrier n'avait abattu sur le troll une énorme bâtarde avec une force décuplée par la terreur. Coupé en deux, le troll attaqua des dents et des griffes. Le voleur se mit hors de portée de la partie inférieure du monstre, restée debout, en exécutant un roulé-boulé. Puis il tailla le restant du troll en morceaux pour l'empêcher de se reconstituer. La créature démoniaque ne lâcha pas prise tant que le ranger ne parvint pas à lui trancher les bras, qu'il brûla aussitôt à l'aide de son flacon d'huile.

Epuisé, le guerrier qu'il venait de sauver tomba.

S'agenouillant, Ren s'aperçut qu'il s'agissait d'une femme. De plus, il avait déjà vu ce visage...Jen ? *Jensena* !

Sitôt qu'il l'eut transportée à l'écart des chairs qui se calcinaient, il appliqua des onguents sur ses plaies. Puis il examina les deux cadavres humains. C'étaient les compagnes de Jensena. Il poussa leurs corps au pied de la muraille. La Garde les trouverait au matin - ou ce qu'il en resterait.

Ren chargea la jeune femme évanouie sur son épaule et escalada de nouveau le rempart. Ce n'était pas un mince exploit. La femme reprit connaissance de l'autre côté du mur. Il la maintint contre lui, le temps que sa toux passe, et lui offrit de l'eau.

— Salen ? Gwen ? demanda-t-elle.

— Désolé, répondit-il. Leurs dépouilles sont restées de l'autre côté... Au matin...

— Par Myrkul !

Il la prit dans ses bras, berçant son chagrin. Des sanglots la déchirèrent.

Il ne dit pas un mot. Que pouvait-on raconter à quelqu'un qui venait de perdre deux amies ?

Rien.

Ils retournèrent lentement au *Gobelin Rieur*. Soth montra à la jeune femme un endroit où s'allonger, et lui apporta de quoi faire une rapide toilette.

Ren baigna ses blessures, lui ôta sa tunique, et appliqua un nouvel onguent sur ses plaies. Elle restait silencieuse. Malgré la gravité du moment, Ren ne pouvait s'empêcher d'admirer ses formes athlétiques. Quand il eut fini, elle lui prit la main :

— Merci. Quand j'aurai moins mal...

— J'aimerais beaucoup, Jensena... Bonne nuit.

— Nous avons ralenti les effets du poison, mais nous ne pouvons pas les arrêter. Je suis désolé. Je sais que c'est votre amie.

Tarl explosa :

— Non ! Je ne peux pas la perdre aussi ! Frère Tern, tu dois essayer encore ! Il y a sûrement un antidote !

— Tarl, nous avons fait le maximum. Sans cela, elle serait déjà morte... Mais le poison court toujours dans ses veines... (Dans la pièce voisine, deux prêtres maintenaient la malheureuse prise de convulsions.) Je ne crois pas qu'elle survive longtemps.

— J'invoquerai Tyr pour la guérir ! s'écria Tarl. Je vais aller dans la salle de méditation, ultime sanctuaire de notre dieu. Il n'y a pas de raison qu'elle souffre !

— Peu de prêtres aussi jeunes que toi s'y risquent, Tarl. Mais tu es libre, comme chacun d'entre nous. Purifie-toi d'abord ; prends garde à ton attitude et à tes motivations.

— Merci, frère Tern. Je n'y manquerai pas.

*
* *

Avec gratitude, Tarl accepta l'aide d'un frère pour se baigner et s'habiller. Puis il partit seul.

Il connaissait la nature de la chambre de méditation : quatre espaces cubiques imbriqués les uns dans les autres, qu'il fallait franchir l'esprit tourné vers un seul but : l'adoration de Tyr.

En général, un champ de force arrêtait les fidèles dès la première ou la seconde salle.

A l'entrée, le marteau de Tarl s'illumina. Le jeune homme pénétra dans la pièce. Le plafond bas communiquait une impression d'étouffement. Il hésita un instant puis avança, marteau et bouclier au poing. Il inspira profondément, fit le vide dans son esprit. Une chaleur bienfaisante envahit son corps.

Tarl franchit le second carré. Sa poitrine se contracta, comme si les murs de la pièce construite en cube se refermaient sur lui. Il oublia jusqu'à la raison de sa venue. Mais il se souvint des conseils de frère Tern :

« — Quand tu ne pourras plus avancer, lutte. Trouve un équilibre physique et le reste suivra. Tyr est le dieu de la Guerre et de la Justice. Il cherche la pureté de la pensée et l'harmonie. »

Bouclier levé, marteau brandi, le jeune prêtre commença à charger des ennemis imaginaires, virevoltant sans cesse. Avec l'ivresse de la lutte, il retrouva sa volonté. Sans en avoir conscience, il parla à voix haute de ce qui le tracassait : Shal, Anton, le Marteau sacré. Tout à sa concentration, il en oublia ses blessures.

Son marteau nimbé d'un bleu éclatant, il passa dans le troisième cube.

On représentait Tyr comme un homme trapu, barbu et armé d'un énorme marteau. L'ironie de son surnom, l'Ambidextre, c'est qu'il n'avait qu'une main sur toutes les images que Tarl connaissait de lui. Cette faiblesse le rendait plus proche de ses fidèles.

La pureté de sa foi avait déjà valu des pouvoirs de guérison exceptionnels au jeune Tarl.

Maintenant que son amie était tombée, victime des forces du mal, il allait risquer le tout pour le tout.

— Mes pensées pour Shal, Anton, et le Marteau sacré, je les remets entre Tes Mains, grand Tyr, Mâchoires-d'Acier, dieu de la Guerre, dieu de la Justice. Je m'en remets à Ta Balance.

Quand son marteau s'illumina de nouveau, il franchit le dernier périmètre. Les quatre murs et la voûte étaient des miroirs faits de l'argent le plus pur. Tarl s'agenouilla au centre du dernier cube, face à une petite surface couverte d'un carré de tissu, sur lequel il déposa son marteau.

Il était un guerrier, à la fois prêt à combattre et vulnérable.

L'esprit tendu vers son dieu, il regarda l'arme s'élever lentement. Il fut envahi par la sagesse de son dieu, illuminé par ses pensées.

Quand il émergea du sanctuaire, il n'avait qu'une idée en tête : retrouver Ren le plus vite possible.

*
* *

— Tes dagues ! Il faut les apporter à Shal sur-le-champ !

Tarl tambourinait à la porte du ranger ; épuisé, celui-ci avait sombré dans un profond sommeil. Le vacarme finit par percer le voile et atteindre sa conscience. Quand le voleur se réveilla enfin et le laissa entrer, Tarl lui expliqua en deux mots l'urgence de la situation : une pierre *ioun* suffirait à amplifier ses pouvoirs de guérison et à arracher leur amie à la mort.

De retour au temple, ils se précipitèrent au chevet de la jeune femme en sursis. Une pierre *ioun* dans une main, le prêtre prit tendrement Shal entre ses bras et pria comme jamais encore de sa vie.

Une lueur bleue, semblable à celle du sanctuaire de son dieu, baigna la pierre et le marteau. Une vapeur verte s'échappa par les pores de la magicienne, prise de violents tremblements ; les volutes malignes se dissipèrent dans l'air frais du matin. Shal tomba comme une masse entre les bras du prêtre.

Il l'étreignit, cherchant anxieusement à entendre un battement de cœur. Soudain, il sentit qu'elle le serrait aussi ; pleurant à chaudes larmes, il s'abandonna à l'émotion de l'instant.

Ren embrassa à son tour leur amie miraculée.

CHAPITRE X

YARASH

— Voilà le reste de ton trésor, dit Gensor, posant la cotte de mailles et l'orfèvrerie devant Cadorna. Pas mal pour une nuit de travail, hein ? Mais il y a plus encore, *bien plus*.

— Oh ?

— La femme...., la magicienne. Elle a été empoisonnée la nuit dernière. Je suis parti de l'auberge quand une rixe a éclaté.

— Elle est morte ? C'est bien fait pour...

— Non. Le prêtre tyrien... Il a eu recours à une pierre *ioun* pour la guérir.

— Une pierre *ioun* ? Le prêtre a une pierre *ioun* ?

Le deuxième conseiller dut se faire violence pour ne pas saisir le sorcier par le col.

— Ce n'est pas la sienne, j'en ai peur. Autrement, il l'aurait laissée au temple. Mais tous l'ont vue entre ses mains, ce matin.

Les yeux luisant de cupidité, Cadorna réfléchit.

— Te souviens-tu de l'extraordinaire aura magique que j'avais détectée chez ce voleur ? Voilà qui l'expliquerait.

— Tu crois que la pierre est à lui ?

— Oui, s'impatienta le sorcier. Et il a *deux* bottes.

Un nuage ocre se matérialisa dans la pièce ; Cadorna se précipita. Une odeur de soufre envahit les lieux, précédant l'apparition d'un sorcier de petite taille, d'apparence presque elfique.

Le messager ne perdit pas de temps :

— Je viens au sujet du trio dont tu m'avais parlé, conseiller. La nuit dernière, une aventurière chargée de les contacter a été piétinée à mort par la monture de la magicienne. Le Seigneur des Ruines veut voir ces trois humains morts.

Gensor se passa la langue sur des lèvres sèches. Après avoir cambriolé la chambre de la jeune femme, il était tombé sur son familier, en pleine rue. Céruléen aurait pu l'attaquer, s'il avait deviné ce que le sorcier venait de faire. En tout cas, le cheval avait dû s'enfuir après le meurtre de l'hybride.

— La rumeur prétend que le prêtre a fait publiquement usage d'une pierre *ioun*, continua le messager. Le Seigneur des Ruines veut cette gemme. A n'importe quel prix.

— Pourquoi cela ? s'enquit Cadorna.

— La Fontaine de Lumière, bien sûr. Il lui manque deux pierres pour compléter l'hexagone du pouvoir. Bref, conseiller, il paierait cher pour avoir leurs têtes, et surtout la pierre *ioun*. Suis-je assez clair ?

— Tout à fait. Merci du message.

Le nécromancien partit comme il était venu. Cadorna retint un sourire :

— Gensor... Je suis presque certain de la réponse, mais je dois te demander : qu'est-ce qui te... motive ?

Le mage répondit sans hésiter :

— Je sais que tu le sais, conseiller. Ce que tu me donnes en récompense le prouve assez. Les arts occultes sont onéreux, sans parler des ressources immatérielles qu'ils consument. Qui a le temps de courir chercher dans le désert le jus d'une euphorbe ou une épine de cactus ? Sans parler des erreurs et des tâtonnements inévitables, quand on se livre à des expériences.

— Au fait ?

— Mon idéal, c'est mon art, débarrassé des contingences matérielles, ou des interférences des autorités. Plus tu gagnes de pouvoir, plus je suis libre d'exercer mes talents à ma guise.

— Exactement ! s'exclama Cadorna. Encore quelques heures et seule une flèche me séparera du fauteuil de premier conseiller ! Cette histoire de pierre *ioun* va me permettre d'aller plus loin encore !

Gensor avait manigancé tout cela depuis longtemps, mais il maîtrisa son impatience.

— Si le géant blond a nos deux pierres, continua l'intrigant, *je* serai celui qui complétera l'hexagone de la Fontaine de Lumière et qui contrôlera des vivants jusqu'aux morts, des humanoïdes jusqu'aux hommes ! Réfléchis ! Tu auras la préférence du roi pour tout ce qui est magique ; plus aucune contingence n'entravera tes recherches !

— Merveilleux, sourit le thaumaturge. Tu comprends mes besoins à la perfection. Mais comment comptes-tu t'emparer des pierres fabuleuses et tromper le Seigneur des Ruines ?

— La première partie du plan est enfantine. Tu

n'as pas oublié notre vieil ami, Yarash le sorcier ? Celui dont la magie pollue notre fleuve ?

Gensor sut immédiatement où il voulait en venir.

— Eh bien ?

— Voici un vieil excentrique, têtu comme une mule, dont le pouvoir et l'indépendance ont toujours irrité le Seigneur des Ruines. Je n'ai qu'à le prévenir que nos trois amis ont conclu un pacte avec le vieux débris. Le Seigneur sera ravi d'exterminer quatre ennemis au lieu de trois. Tu contactes Yarash. Ce vieux fou ne verra dans les pierres que leur valeur monétaire. Use de flatterie à son égard, et promets-lui autant de « cobayes » pour ses expériences qu'il voudra.

— Comme tu viens de le faire pour moi ? glissa le sorcier.

Cadorna rougit :

— Non ! Je ne voulais pas dire...

— Je plaisantais, conseiller. Je comprends la différence.

— Euh, bien... Comme je disais, je veux que tu gagnes Yarash à notre cause. Entre-temps, je veillerai à faire arrêter nos trois lascars pour une raison ou une autre... Le Conseil ne s'étonnera pas outre mesure quand j'expliquerai que je veux les envoyer enquêter sur la pollution du fleuve. Je piquerai la curiosité du trio à propos du vieux fou. Et ils fonceront comme des agneaux à la boucherie... surtout quand je leur aurai dis que Yarash connaissait bien Denlor... Si Yarash est vainqueur, je remporte les pierres *ioun*. Le temps qu'ils reviennent, *s'ils* reviennent, je serai premier conseiller. La Garde Noire les arrêtera aux portes de la cité.

— Sous quel prétexte ?

— Je ne sais pas. Trahison peut-être. Peu importe. Mon autorité suffit. On les délestera en toute légalité de leurs armes et de leurs objets magiques. Y compris les pierres *ioun*. La beauté de tout cela, c'est qu'il s'agit uniquement d'un plan de secours. Car Yarash gagnera et les réduira en bouillie.

— Quel puissant esprit, conseiller.

— Merci, Gensor. Et maintenant... le Seigneur des Ruines. Il s'agit d'un dragon - un dragon de bronze curieusement. Il est censé être bon, mais j'imagine qu'il a flairé quel pouvoir pouvait être le sien au milieu d'humanoïdes...

Gensor avait entendu d'autres rumeurs, mais il s'abstint de tout commentaire.

— Eh bien ?

— N'importe quelle troupe armée accompagnée d'un ou deux magiciens peut vaincre un dragon. Or, pour des raisons inconnues, la Fontaine ne semble pas avoir prise sur les humains. Regarde son inexplicable échec à éliminer les trois aventuriers une bonne fois pour toutes ! J'y mènerai moi-même les hommes, j'affronterai le wyrm et je le tuerai. Puis je compléterai l'hexagone.

Le mage applaudit, sincèrement admiratif. Comment Cadorna était-il si bien informé ? Peut-être le saurait-il un jour.

*
* *

— Vous vous êtes déjà tenus devant cette cour, déclara sèchement Cadorna, toisant Shal, Ren et Tarl. Et pour la même offense, qui plus est. Vous ne me laissez pas le choix : voici quelle va être votre mission.

Il leur parla de Yarash.

— Comment sais-tu que ce sorcier est responsable de la pollution du fleuve Stérile ? protesta Ren, quand il eut fini. Et pourquoi n'avoir rien fait jusqu'à maintenant ?

— Aucun des groupes précédents n'est revenu. C'est un espion orc qui m'a appris ce que je viens de vous révéler. Comment continuer à risquer des vies humaines ? Vous devez comprendre que je vous envoie là-bas parce que votre réputation vous précède ; vous êtes dorénavant notre meilleur espoir ! Après Sokol, après le village gnoll... Qui d'autre aurait une chance de vaincre ce sorcier ?

Tarl prit la parole :

— Nous avons des obligations privées en souffrance, deuxième conseiller. Avons-nous le choix ?

— Très certainement. Vous avez été arrêtés pour coups et blessures. Vous attendrez en cellule que minuit sonne. Alors la Garde Noire vous jettera par-dessus nos murs, et vous serez bannis de Phlan la Civilisée. De façon permanente.

« Mais si vous l'emportez contre le sorcier, vous aurez un accueil de héros. Je veillerai personnellement à ce que notre Conseil ne vous cause plus de tracas. Et puis la jeune magicienne sera peut-être intéressée par Yarash : il aurait eu des liens avec le sorcier Denlor. »

Tarl se tourna vers elle. Dans le sanctuaire de Tyr, il avait appris trois choses : la pierre *ioun* lui permettrait de guérir son amie ; Anton se rétablirait quand le vampire serait vaincu ; sa mission était de veiller sur Shal. Le message du dieu était clair : la quête de la magicienne était aussi la sienne.

Mais il n'avait pas eu le temps de parler à la jeune femme. A ses yeux, Tarl en avait déjà beaucoup trop fait pour elle. Sans lui, elle serait morte. Elle se sentait totalement régénérée de corps et d'esprit ; ses sentiments pour le prêtre en étaient d'autant plus forts.

Les trois jeunes gens acceptèrent la mission.

— Bien, voilà qui est réglé, conclut Cadorna. Bonne chance.

*
* *

Les aventuriers choisirent de quitter la ville par voie d'eau, au delta du fleuve Stérile plutôt qu'au nord. Deux heures après avoir débarqué, ils aperçurent à l'ouest les hautes murailles du cimetière Valhingen.

— C'est là que mes frères ont été tués, dit Tarl. A Vaasa, il n'existe pas de ville aussi grande que Phlan. Nous avons d'abord cru que les palissades de bois étaient le mur d'enceinte. Nous nous sommes rendu compte de notre erreur trop tard...

Shal et Ren ne dirent rien ; sa peine était trop visible.

— J'y retournerai ; avec l'aide de Tyr, je combattrai la maudite créature qui m'a obligé à lui abandonner le Marteau de Tyr.

— C'est toi qui l'as perdu ? demanda Shal.

D'abord hésitant, il se résigna à décrire les horreurs de cette première journée, qui avaient tant pesé sur sa conscience. Dire la vérité lui communiqua une sensation de purification ; il n'omit rien, ni sa terreur à la vue des mains squelettiques émergeant de la terre pour étriper les chevaux, ni le combat magique entre Anton et le vampire, ni sa terrible conclusion.

Le soir venu, quand ils s'arrêtèrent, Ren déclara :

— Tu n'arriveras jamais à retourner là-bas seul. Sitôt que nous aurons assaini ce fleuve, je viendrai avec toi.

— Non, ami, c'est mon combat. Le chef du cimetière de Valhingen a entre ses mains mon héritage et ma fierté. Je dois venger mes frères et rapporter à Tyr ce qui appartient à Tyr.

— Je ne dis pas que ce n'est pas ton droit. Simplement, tu n'y arriveras jamais sans aide. Combien sont morts avant même d'avoir vu le vampire ?

— Avec la force de Tyr...

— Avec la force de Tyr, tu affronteras le vampire *une fois* que tu m'auras laissé t'aider à franchir les lignes des zombis.

— Et moi, dit Shal, je viendrai aussi.

Tarl secoua la tête, obstiné. Il ne mettrait pas la vie de ses amis en danger. Il affronterait seul la créature diabolique. Inutile de discuter davantage.

Dans le secret de son coeur, il remercia Tyr d'avoir sauvé Shal ; sa mission serait la sienne. Il puiserait des forces en elle. Il la regarda s'absorber dans l'étude de ses formules magiques. Puis il réfléchit à ce qu'il ferait dans les jours à venir.

Shal aussi réfléchissait : à Yarash. Elle avait senti l'animosité de Cadorna. Ce défi avait des points communs avec celui de Tarl : elle allait devoir mettre à l'épreuve des talents récemment acquis contre un sorcier expérimenté.

Shal avait beaucoup évolué depuis la mort de Ranthor.

Mais à en croire Cadorna, Yarash était un mage encore plus puissant que son défunt maître. Pour compliquer encore les choses, ce thaumaturge était méchant comme un chien enragé. Shal savait qu'elle ne l'emporterait pas contre un adversaire si formidable. Avec l'aide de ses amis et du Bâton de Pouvoir, elle espérait avoir quand même une chance.

*
* *

A l'aube suivante, Ren s'était déjà occupé des chevaux et avait rangé leurs affaires quand Shal se réveilla d'une nuit peuplée de cauchemars. Il l'aida à se lever en lui faisant signe de se taire pour ne pas réveiller leur compagnon. Puis il la guida vers un ruisseau aux eaux cristallines, qui se déversaient dans la bile noirâtre du fleuve.

— J'ai déjà essayé de te dire..., commença-t-il gauchement. C'est-à-dire que je voulais... Tu me rappelles...

— Tempête. Oui, je sais.

Elle s'absorba dans la contemplation du ruisseau ; les galets étaient visibles sous l'eau. Des éclats de soleil bondissaient de roche en roche, illuminaient la végétation aquatique.

— Tant de fois, j'ai voulu te dire combien je... Mais l'autre nuit, j'ai fait mes adieux définitifs à Tempête, Shal. Je sais qu'une partie de ce que je ressens pour toi est lié à l'amour que j'avais pour elle...

Elle lui prit la main, et plongea le regard dans ses yeux saphir.

— Et maintenant nous pouvons être amis, et voir jusqu'où cela nous mènera ? C'est cela que tu veux me dire ? sourit-elle.

Ren savait qu'il lui plaisait. Comment pouvait-elle comprendre aussi facilement, et accepter qu'ils ne soient qu'amis ? Il ne voulait pas la blesser, mais il s'était attendu à un peu de déception de sa part. Elle était pourtant là, à lui sourire, son beau regard vert pétillant comme si la nouvelle lui faisait plaisir.

— Je ne suis pas idiote, Ren. Tu devrais t'en rendre compte. Je sais que ton intérêt pour moi visait en réalité un fantôme. Je suis heureuse d'avoir ton amitié, indépendamment de ton amour pour Tempête. Si une affection se développe entre nous deux, qu'elle soit authentique... De plus, Soth m'a présenté Jensena. Il m'a averti que je devrai compter avec une rivale. J'ai essayé de lui dire qu'elle était davantage ton type de femme...

— Tu sais remettre un homme à sa place, Shal.

— Ren, comment veux-tu que je réagisse ? Amis ?

— Amis... encore... toujours.

Ils revinrent au camp, s'entretenant de leur nouvelle mission.

— J'ignore comment Yarash pollue le Stojanow, mais ce n'est plus supportable. Il pue comme une plaie infectée. Il m'a rappelé un serpent noir cerné de plantes et d'animaux morts... Etant voleur, je pourrais dire que ce n'est pas mon problème. Mais je dois être davantage ranger que je l'imaginais. Ce fleuve pollué est aussi insultant pour moi que le jardin contrefait des gnolls. Cette mission me concerne davantage que ce que nous avons accompli jusqu'à maintenant. J'ai décidé de redevenir ranger...

Tarl s'était réveillé ; ils remontèrent en selle et repartirent.

— La vie de ranger est plus difficile, continua le jeune homme. Mais elle convient mieux à ma nature. Si j'avais suivi mes instincts, j'aurais probablement pris cette route il y a des semaines, quand je suis arrivé ici. Regardez ça : ces eaux sont toxiques ! Pourtant la source doit être pure, car on voit des poissons flotter le ventre en l'air ; or, rien ne peut naître et survivre dans ce cloaque. Même les berges sont contaminées. Regardez ces troncs d'arbres grisâtres. Un incendie n'aurait pas fait de tels dégâts !

— La vie de ranger est très honorable, dit Tarl. Tout le monde n'y apporte pas une spiritualité aussi élevée, mais cela devrait parfaitement te convenir.

— Oui, c'est comme une vocation, j'imagine. J'ai un lien naturel avec les animaux. Et puis, quelque chose me pousse à protéger la nature. (Il flatta l'encolure de sa monture :) Cette jument, par exemple, a subi de mauvais traitements ; son propriétaire affirmait qu'elle ne valait rien. Je l'ai gagnée au jeu. Je n'ai rien fait de spécial pour la guérir, juste lui parler, la traiter convenablement. Elle est maintenant la meilleure pouliche que j'aie jamais eue !

Il s'arrêta, faisant signe à ses compagnons. Dans le silence matinal, ils perçurent des craquements de brindilles, des bruits étouffés de pas. Et les grognements caractéristiques d'une bande d'orcs !

Shal tourna bride vers un bosquet. A l'instant où le grand cheval chargea les fourrés, elle lança un cri de guerre, imitée par Tarl, qui fit tournoyer son marteau dans les airs. Cinq orcs surgirent près de Ren. Il arrêta le premier d'une prise musclée.

— Un geste et il est mort ! lança-t-il aux quatre suivants.

Ça ne les arrêta pas.

Ren égorgea son prisonnier, puis dégaina une épée courte. Le monstre suivant tournoya sous le choc, à l'agonie. Céruléen tenait les trois derniers orcs en respect.

— Je sais, Tarl, je sais, lança le voleur. Tu veux parlementer, découvrir ce que de gentils orcs comme ça fabriquent dans un endroit pareil. Vas-y. Pose-leur tes questions. Je vais traduire.

— Merci, répondit le prêtre.

Comme ceux des prêtres gnolls, les yeux des monstres étaient couverts d'une fine pellicule jaunâtre.

Tarl voulut savoir s'ils connaissaient Yarash, la Fontaine et le Seigneur des Ruines.

— Ils prétendent qu'ils ne savent rien au sujet du fleuve, qu'il a toujours été ainsi. Ils aiment cette odeur. Où est le problème ? Ils construisent une espèce de tour, qui étendra le domaine du Seigneur des Ruines de...

L'orc s'était arrêté là.

— D'où, espèce de cochon ?

Ren lança sa dague à deux centimètres des pieds du prisonnier récalcitrant. Puis il ordonna à son arme de revenir. Eberlué, l'orc vit la lame léviter. Il bafouilla sa réponse. Ren traduisit à nouveau :

— Le château à l'extrémité de la vieille ville. Le château Valjevo, je crois. Le Seigneur des Ruines y vivrait.

— Dis-leur de démolir cette tour, demanda Tarl. Menace-les de la magie de Shal... et de la colère de Tyr. Et filons d'ici.

Les orcs attaquèrent. Mais Shal prononça si vite une incantation qu'elle eut à peine le temps de tendre la main. Des éclairs jaillirent de ses doigts ; des hurlements sortirent des gorges des monstres.

Au dernier survivant, Ren répéta les exigences de Tarl : détruire la tour.

Le quatrième jour, ils mirent pied à terre près d'une sorte de lac. Une île était équidistante des deux berges. Sa seule caractéristique : une immense pyramide d'argent érigée sur du sable noir. Les trois amis contemplèrent avec stupéfaction une des plus étranges structures qu'ils aient jamais vues.

La scène avait quelque chose de familier... Soudain, Shal se souvint :

— Les grenouilles ! Vous vous souvenez des grenouilles, au fortin de Sokol ?

— Le médaillon ! s'exclama Tarl. C'est exactement ça !

Comment cette pyramide avait-elle pu être bâtie sur une île déserte, en pleine nature ? Le plus saisissant, c'est qu'elle était à l'origine de la pollution surnaturelle.

Au nord de l'île, l'eau était parfaitement limpide. Des arbres majestueux foisonnaient ; l'éclat de leur verdure contrastait avec les troncs noirs et gris dont étaient jonchées les rives en aval, jusqu'à la Mer de Lune. Un grand canal, issu de la base sud de la fondation, crachait son venin dans le fleuve. A la source de cette souillure, la püanteur était insoutenable.

Ils avaient à peine eu le temps de contempler la scène, quand les eaux pures, au nord, se mirent à bouillonner. Une colonne liquide en jaillit, puis se solidifia presque, avant de retomber en une imitation de trône translucide. Des vaguelettes léchèrent les flancs de l'apparition, la poussant doucement vers les nouveaux venus saisis de stupeur.

Une silhouette grandiose se matérialisa. Une sorte de sorcier blanc issu de l'imagination des enfants, l'air presque bienveillant. Sa toge était doucement battue par la brise. D'un geste, il chassa la puanteur en modifiant l'orientation des vents.

— Ho ! Voyageurs, mes amis ! Peu parviennent jusqu'ici. Je suis Yarash, et je vous souhaite la bienvenue !

Shal aurait voulu y croire. Mais la ficelle était trop grosse, les contradictions trop nombreuses.

— En arrière ! cria-t-elle. Aucun sorcier bien intentionné ne polluerait ainsi un fleuve !

Sans paraître offensé ou décontenancé, Yarash poursuivit d'un ton enjoué :

— Une simple expérience, ma chère. Mon but est de créer *l'ultime* créature marine, un être intelligent capable de communiquer avec les myriades de formes de vie aquatiques. Hélas, vous savez tous que les conséquences des pratiques occultes ne sont pas toujours recommandables.

— Une expérience ? Les conséquences de pratiques occultes ? Les grenouilles géantes seraient-elles le résultat de tes expériences pas très réussies ?

— Des grenouilles géantes ? (Sa voix perdit toute trace de chaleur :) Vous êtes... ? C'est vous qui avez exterminé mes belles créations sur l'île de l'Epine ?

Fou furieux, le sorcier fit disparaître son trône liquide ; les eaux souillées se mirent à bouillonner sous lui. Il leva les bras au ciel et les abaissa ; sa toge vira au vert. Ses mains tenaient une corde couverte d'algues :

— Vous avez tué mes grenouilles ! grinça-t-il.

Les eaux se soulevèrent, le portant dans les airs comme une lame de fond. Mais elles se divisèrent pour révéler les mâchoires béantes et les branchies d'un immense animal. Yarash se tenait sur sa tête massive.

Le monstre se dressa sur sa queue, tel un dauphin. D'un geste théâtral, Yarash lâcha la corde et hurla des paroles magiques, que même Shal ne reconnut pas. Un bourdonnement assourdissant éclata ; autour du nécromancien et du monstre marin jaillirent des torrents et des tourbillons. Des sortes de carpes de la taille d'un homme se mirent à sauter par-dessus les flots. Le poisson géant glissa en direction du trio.

Les aventuriers reculèrent d'instinct. Les créatures n'étaient ni des poissons, ni des amphibiens, ni des humanoïdes, mais un croisement insensé de ces espèces biologiques. Des nageoires démesurées battaient l'air, d'épais torses écailleux se terminaient sur des ébauches de jambes. Le nécromancien dévia de nouveau les vents ; la puanteur redevint insoutenable.

Inspirant désespérément à la recherche d'air pur, Ren plongea sur la première créature, épée courte en avant. La chose aurait dû mourir sur le coup, mais au lieu de sang, un liquide sombre rappelant du pus suinta de sa plaie. Elle ne parut ressentir aucune douleur, mais agita ses nageoires pour frapper l'homme. Ren se débattit de son mieux.

D'autres hommes-poissons convergeaient vers eux. Tarl chargea, bouclier au poing, et abattit son marteau. Mais les bêtes y étaient insensibles. Récalcitrante à galvauder le potentiel de son Bâton de Pouvoir, Shal se contenta de l'utiliser comme une massue, à grands renforts de moulinets. Cela ne ralentit pas les créatures. Elles crachèrent un fluide verdâtre acide. Shal changea d'avis ; elle s'éloigna pour recourir à la magie.

Ren retrouva son équilibre et se lança de plus belle à l'attaque. L'ennemi l'encerclait. Il mania ses épées courtes en redoublant de rage. Mais il avait beau taillader leurs chairs glacées, les créatures continuaient à vivre et à cracher leur acide mortel.

— En arrière ! cria Shal avant d'utiliser son Bâton.

Mais ses compagnons étaient cernés.

Tarl découvrit qu'il était possible de déséquilibrer les hommes-poissons ; il s'acharna à ce jeu, dans l'espoir que ses amis les achèveraient une fois à terre. Un coup de marteau, qui aurait pulvérisé un humain, atteignit un monstre à l'œil. Pour la première fois, chair et os éclatèrent sous l'impact. Le têtard hypertrophié s'écroula, en proie aux convulsions mortelles.

— Visez leur tête, leurs yeux ! s'écria le prêtre. C'est le point faible !

Shal et Ren réagirent instantanément. Avec sa force impressionnante, la jeune femme se servit du bout de son Bâton pour crever les yeux des hommes-poissons. En quelques instants, un profond silence inhabituel régna de nouveau sur les lieux.

Perché au sommet du crâne gigantesque, le sorcier vaincu poussa un hurlement à glacer les sangs ; il entonna une nouvelle incantation. Des amphibiens à l'humanité encore plus lointaine, des hommes-crapauds, se mirent à patauger vers le trio. Tous souffraient de cruelles difformités.

Shal prit sa voix la plus intimidante :

— Quelles abominations nous envoies-tu ? Si ces créatures tourmentées sont le fruit de ton cerveau, comment oses-tu te prétendre sorcier ?

— De quel droit me parles-tu sur ce ton, apprentie ?

Yarash leva les mains ; le tonnerre éclata. Sur un mot de sa part, une armée de zombis couverts d'écailles se mit en branle.

Ren et Tarl levèrent leurs armes. Shal les arrêta d'un geste ; elle articula quatre mots, Bâton magique pointé. Des boules de feu fendirent les airs ; les créations de Yarash s'enflammèrent comme autant de torches géantes. Leur misérable existence s'acheva dans des cris pitoyables. Mais le hurlement de Yarash resterait à jamais gravé dans la mémoire de la jeune femme. Ce n'aurait pas été pire si une mère avait assisté à la mise à mort de son nouveau-né.

— Chienne ! Trois fois chienne ! Prépare-toi à mourir !

Des missiles magiques, des sphères enflammées, des flèches empoisonnées et des éclairs jaillirent des doigts du nécromancien qui, frénétique, faisait appel à toutes ses ressources pour terrasser les intrus. Les broussailles flétries s'enflammèrent ; la pouliche de Ren fut tuée sur le coup.

Céruléen s'embrasa d'une lueur pourpre à cause de l'intensité des forces surnaturelles qui se déchaînaient. Shal et Tarl combattirent de leur mieux, pendant que Ren courait à la recherche d'un refuge.

La magicienne pointa son Bâton sur la créature marine, puis sur Yarash ; elle prononça le plus puissant mot de pouvoir dont elle disposait. Des éclairs déchirèrent les airs. Le monstre explosa en une pluie de boue corrosive, catapultant le sorcier dans les nues. Yarash parvint à léviter pour ne pas être écrasé en retombant. Mais Shal le cueillit au vol d'un rayon d'énergie. Des gerbes d'électricité crépitèrent en spirales pourpres et vertes.

Hurlant sa rage et sa douleur, le thaumaturge leva

les mains pour appeler de nouvelles énergies à lui. Shal reconnut la gestuelle d'un sort de Contrôle Météorologique ; elle lutta contre les bourrasques, tentant de les renvoyer à leur source. La lumière du jour fut éclipsée par l'affrontement titanesque mené à coups de tornades et de cyclones.

Le pouvoir brut canalisé par son corps régénéra la magicienne. L'aide mentale de Céruléen lui permit de garder sa concentration face aux vents hurlants. Elle brandit à nouveau son Bâton ; Yarash tendit les mains vers elle. L'énergie qu'il déchaîna lui arracha le Bâton des mains. A l'instant où un second éclair frappait à la poitrine de Yarash, dévoilant son squelette à travers sa tunique et sa peau, le Bâton éclata comme du cristal.

Sans avoir le temps de recourir au Bâton des Merveilles, Shal vit Yarash disparaître. La tourmente surnaturelle retomba d'un coup. Un silence extraordinaire tomba sur la scène. Ren et Tarl restèrent bouche bée devant le déploiement de forces occultes dont ils venaient d'être témoins.

L'énergie crépitante se dissipa ; mais Shal restait tendue. L'éclat pourpre de Céruléen s'estompa rapidement, véritable baromètre de la magie ambiante.

— Il vit encore. Il s'est téléporté en sécurité, dit la magicienne, brisant le silence.

Les deux hommes se ressaisirent. Tarl courut passer un bras autour des épaules de son amie. Le grand corps athlétique s'abandonna complètement contre lui. Tarl l'allongea doucement sur le sol. Shal venait de perdre connaissance.

— Je... je n'avais jamais rien vu de tel, dit simplement Ren. Comment est-elle ? (Il lut la peur dans les yeux gris de Tarl.) Peux-tu l'aider ?

— Je ne sais pas. Seigneur, elle est puissante !

Mais aussi puissante soit-elle, elle n'était pas prête à une telle dépense d'énergie.

Il entonna une prière de régénération, et il sentit bientôt une vague de chaleur inonder le corps de la jeune femme. Une fois encore, il fut presque submergé par le lien qui les unissait. C'était comme s'il était à un pouce d'éprouver ses émotions, de lire ses pensées. Quand elle rouvrit les yeux, il sut que c'était aussi ce qu'*elle* ressentait.

— Ça va ? demanda Ren. (Elle hocha la tête.) Femme, rappelle-moi de ne pas me battre contre toi ! Je ne me suis jamais senti aussi impuissant de ma vie. Mes armes auraient pu être en bois, pour le bien que ça m'aurait fait contre Yarash ou toi !

Shal se redressa :

— Yarash ! Il faut le retrouver ! Il n'arrêtera jamais ! C'est le « père » des abominations qui souillent le fleuve ; il prospère par leur intermédiaire. Il est obsédé. Sans être télépathe, j'ai *vu* son essence durant le combat ; il est fou. Il est totalement chaotique ! Ça ne s'arrêtera pas au fleuve Stojanow.

— Peux-tu nous transporter sur l'île ? demanda Ren. Tu as épuisé tes sortilèges et tes forces pour la semaine, mais...

— Pour le mois, ou plus. Je n'y arriverai pas.

— Prends ton temps, l'encouragea Tarl, l'aidant à se remettre sur pied.

A pas hésitants, Shal alla remercier son familier. Elle sortit le tissu enchanté.

— *Je resterai où je suis, merci !* renifla le cheval.

— Non, je t'en prie : j'ai une idée. Je ne crois pas avoir la force de nous téléporter, mais si je suis seule, c'est possible.

— Pas question que tu y ailles seule ! s'écrièrent les deux hommes en chœur.

— Silence ! Céruléen, dis-moi : c'est parce que tu es magique que tu peux entrer dans ce tissu, ou est-ce à la portée de n'importe qui ?

— *Ça n'a rien à voir avec moi, Maîtresse, même s'il faut un certain degré de concentration.*

— Comment cela ?

— *Si je ne pense pas à ce que je fais, je me heurte au tissu. Une préparation mentale est indispensable. Je déteste faire ça et j'espère toujours échouer. Tu me suis ?*

— Oui. Et je crois que ça va marcher.

— Quoi ? s'exclamèrent les deux hommes.

— Je n'ai plus l'énergie suffisante pour vous transporter, mais si vous entrez dans le Tissu des Nombreuses Poches, je pourrai *voler* jusqu'à l'île.

— *Vu comme ça...*, grogna Céruléen, pensif, grattant le sol du sabot. *Dis à ces deux gentilhommes de m'observer avec attention. Explique-leur ce que je viens de te dire.*

Sans un bruit, le quadrupède sauta et se coula dans le Tissu, où il entreprit aussitôt de vanter à sa maîtresse les vertus d'un environnement bien éclairé.

Les deux hommes eurent l'air sceptique, mais ne reculèrent pas devant cette nouvelle épreuve. Tarl se concentra et bondit. Mais il eut un mouvement de recul au dernier instant, ne pouvant croire qu'il soit possible de disparaître dans un si petit espace...

Et il échoua.

— Très bien, ça suffit ! s'impatienta Shal. Je vais lancer un sort de rapetissement.

Elle joignit le geste à la parole, sans leur laisser une chance d'argumenter. Réduits à la taille d'insectes, ils furent soulevés par une Shal colossale et plongés, bon gré mal gré, dans le morceau de tissu.

*
* *

Parvenue sur l'île par la voie des airs, Shal les libéra ; le sort de rapetissement était éphémère.

Près de la pyramide se trouvait une estrade de téléportation. Seule une empreinte de pied trahissait son existence.

— Voilà qui devrait nous mettre sur la bonne voie ! s'exclama Ren.

Ils prirent place et furent immédiatement projetés à l'intérieur de la structure.

— Il est passé par ici, observa Ren, humant l'air.

Ses sens aiguisés percevaient l'odeur de brûlé qui flottait dans l'air.

Ils longèrent un corridor, sur le qui-vive, passant devant de nombreuses portes sans s'arrêter.

— Là ! s'écria le voleur blond. Une autre estrade de téléportation !

Trois téléportations et une volée de marches plus tard, ils découvrirent Yarash assis dans le coin d'une pièce qui débordait de livres et d'étagères. C'était son cabinet d'études. Sa tunique calcinée collait à sa chair horriblement brûlée. Mais il était encore en état d'invoquer son armée infernale...

Les bêtes monstrueuses avancèrent de nouveau sur les aventuriers, les menaçant de leurs crachats acides. Cette fois, Shal, Tarl et Ren frappèrent immédiatement à la tête et aux yeux. En quelques instants, le sol fut jonché de têtes coupées et de corps agités de spasmes terminaux. Yarash était définitivement vaincu.

— Exterminer mes créations ! Toutes mes recherches anéanties ! Mais vous n'emporterez pas mes secrets, jamais vous ne les aurez !

Vif comme l'éclair, il se planta une dague dans le coeur.

— Par Tyr et Tymora ! s'écria Tarl. De quoi croyez-vous que ce malade parlait ?

Sans perdre un instant, il inspecta les étagères.

— Par le feu du ciel ! Regardez ces cartes ! Il s'apprêtait à contaminer la Mer de Lune, et à conquérir Phlan et les autres villes côtières avec son armée infernale ! Il était plus malade encore que...

— Cadorna ! s'écria Shal, qui s'était jointe à lui. Les notes de Yarash sont très complètes : Cadorna était au courant de tout ! Il savait ce qu'il faisait en nous envoyant ici : c'était pour récupérer les pierres *ioun*...

Ren approcha et lut par-dessus son épaule :

— Regardez-moi ça ! Yarash n'allait même pas les lui remettre : le Seigneur des Ruines en offrait un meilleur prix !

«...*Je ne vois pas ce que ces pierres ont de si précieux pour qu'on se les arrache de la sorte. Le dragon a envoyé des assassins à Eau Profonde, et le conseiller veut maintenant que je lui remette ces pierres...* »

Ren écarquilla les yeux.

— Le Seigneur des Ruines... C'est lui qui a envoyé les assassins qui ont tué Tempête !

« *Dieu merci*, continua de lire Shal, *le conseiller Porphyrys a suivi les instructions du Seigneur des Ruines, et il a fait exécuter les deux sorciers. Avec le mage rouge et le type bleu qui fourraient leur*

194

nez partout, ma réserve de cobayes avait déjà sérieusement diminué... »

Elle s'arrêta de lire.

— J'en assez vu ! Je voulais me venger : j'ai de quoi faire. Cadorna va payer. Entre ces écrits et ce que nous savons de lui, nous devrions pouvoir convaincre le premier conseiller de sa culpabilité.

— Sois quand même prudente, dit Tarl, il y a sûrement plus d'une pomme pourrie au Conseil !

Ils firent disparaître les cahiers compromettants dans le tissu ensorcelé.

Dehors, la pyramide n'avait pas changé. Mais les abominables créations du sorcier étaient retournées au néant pour toujours. Le canal avait cessé de déverser ses immondices dans le fleuve. Les dernières se perdraient dans la Mer de Lune...

CHAPITRE XI

LE CIMETIÈRE DE VALHINGEN

Le voyage de retour fut lent. Même si Céruléen portait la totalité de leur équipement, il leur fallut presque le double de temps pour retourner à Phlan.

Ren savoura pleinement ce paisible trajet. Le mérite de la victoire contre Yarash revenait à Shal. Mais en regardant les eaux du fleuve dissoudre peu à peu les ultimes boues noires de la pyramide d'argent, le ranger éprouvait une plénitude sans pareille. Dans un an, les berges retrouveraient leur luxuriance, les pousses perceraient la terre de toutes parts. La guérison n'aurait rien d'instantané ; les troncs grisâtres subsisteraient des années, sinistre rappel de la folie d'un homme. Mais la renaissance de la flore porterait son message d'espoir au monde.

Ren comprit qu'une vie entière de larcins et de vols ne lui donnerait jamais la sensation d'épanouissement qui avait été sienne sur l'île de l'Epine, et dans le village gnoll. Contribuer à l'assainissement du fleuve avait fait davantage pour son bien-être spirituel que la possession du plus formidable trésor des Royaumes.

Le géant blond était plus disposé que jamais à suivre Shal. Il était décidé à ignorer la volonté de leur ami et à ne pas le laisser affronter seul le vampire. Enfin, il était déterminé à s'opposer au Seigneur des Ruines - car c'était le véritable meurtrier de Tempête.

Durant ce paisible interlude, le long du fleuve qui se régénérait, Tarl médita sur le message de son dieu. Anton ne se rétablirait pas tant que le démon qui avait marqué son front en lettres de feu ne disparaîtrait pas de ce plan.

Le bonheur qu'il avait éprouvé en arrachant Shal à la mort en était assombri. Il ne reprendrait pas le Marteau sacré de Tyr aux forces du mal, ni ne vengerait ses frères, aussi longtemps qu'il ne verrait pas détruite la Bête qui régnait sur le cimetière.

Sa foi l'avait mené jusqu'à Sokol, et jusqu'au village gnoll. Mais le souvenir de sa terreur, dans le sinistre cimetière, restait vivace. La peur du vampire le tenaillait encore.

Shal, elle, repensa à son combat contre Yarash. Son épouvante, devant un maître de cette trempe, s'était muée en joie, à mesure que ses sortilèges s'opposaient victorieusement aux siens.

Si ses tentatives de lancer le sort de Contrôle Météorologique avaient échoué jusqu'ici, c'était parce que cela n'avait jamais autant importé. Elle en tirait une leçon essentielle : l'intensité d'un sort était proportionnelle à l'attitude du thaumaturge et à sa conviction. En canalisant sa peur, elle avait réussi à rendre coup pour coup.

Mais sans le Bâton de Pouvoir, mémoriser les

sorts ne serait plus si simple. Survivre face aux multiples dangers devenait aléatoire. Désormais, ses efforts allaient tendre à l'inculpation de Cadorna, à l'accomplissement de la quête de Tarl, et à la vengeance de Ren.

Ils attendirent un jour entier à l'embouchure du Stojanow avant l'arrivée du bac. Deux heures plus tard, ils furent en vue du port. Même si ce n'était pas leur terre natale, Phlan la Civilisée était devenue une seconde patrie pour les trois amis. Bientôt, ils seraient acclamés par le Conseil et les citadins pour leur rôle dans l'assainissement du fleuve. En quelques heures, les eaux redeviendraient claires et limpides.

Une rangée de soldats les attendait sur les quais, sanglés dans des cottes de mailles noires.

— La Garde Noire, observa Ren. Cadorna a dû convaincre le Conseil de remplacer la Garde habituelle.

— Pourquoi un tel luxe de précautions ? s'étonna Shal.

Ren haussa les épaules :

— Il y a sûrement eu des troubles de l'ordre public, suite aux récents bouleversements.

Le capitaine courut à la proue, puis à la poupe, pour aider les marins à préparer les amarres. Il guida son embarcation d'une main experte le long des quais. Quatre soldats noirs accoururent. L'un d'eux déclara :

— Par ordre de Porphyrys Cadorna, premier conseiller de la ville de Phlan, préparez-vous à être abordé !

La réaction de Ren fut instantanée :

— Il faut nous dégager de là !

— Mais nous avons des preuves contre Cadorna, lui chuchota Tarl. Quand nous les présenterons au

Conseil...

Ses compagnons secouèrent la tête. Il n'y aurait pas de réunion du Conseil, pas d'audience qui aboutirait à l'inculpation de Cadorna. Avec Porphyrys à la tête du Conseil, la seule inculpation serait la leur.

— N'as-tu pas lu les notes de Yarash ? Cadorna connaît l'existence des pierres *ioun* ! chuchota Ren. C'est lui qui est derrière tout ceci !

Le jeune homme blond fonça à la proue et plaça un couteau sous la gorge du capitaine.

— Je ne veux pas de problème. Je ne te ferai pas de mal. Mais il faut que tu fasses demi-tour. Tout de suite !

Tarl courut reprendre le cordage que le capitaine avait lancé sur le quai. Un soldat l'avait attrapé ; les autres allaient l'aider à tirer. Un cinquième, survenu entre-temps, portait la planche qui servirait de passerelle.

— Holà ! cria Shal, les bras en croix.

Sitôt que les gardes relevèrent la tête vers elle, elle leur lança une poignée de poussière et prononça un sort de Sommeil.

Le plus proche s'effondra d'un bloc entre l'embarcation et le quai. Un de ses compagnons plongea pour tenter de rattraper le cordage, lui aussi tombé à l'eau. Il y serait parvenu si le sommeil ne l'avait pas surpris en pleine action.

Le capitaine menacé par Ren refusait de coopérer : il se dégagea d'un violent coup de coude ; vif comme une fouine, il tira une dague. Le ranger dégaina les siennes.

Le marin lança sa lame. Surpris, Ren suivit la trajectoire du coin de l'œil : l'arme se ficha dans la poitrine d'un mercenaire qui s'apprêtait à le frapper dans le dos. L'homme s'écroula, mortellement atteint.

— Tu... tu es avec nous ? s'étonna Ren.

— Oui. Si tu m'avais demandé, tu l'aurais su depuis longtemps. Maintenant, ôte-toi de là, et tiens ces démons à distance, que je puisse manœuvrer.

Ren parvint près de Tarl à l'instant où les deux derniers soldats abordaient via la planche. Ils sautèrent à bord : l'un, armé de deux épées courtes, s'opposa à Ren. L'autre, muni d'une dague et d'un fouet, choisit Tarl pour adversaire.

Le prêtre esquiva d'instinct le premier coup de fouet, qui claqua à un cheveu de son épaule. Le coup suivant fut dirigé contre la magicienne, occupée à psalmodier un nouveau sortilège. Elle ne le para pas à temps ; la lanière de cuir s'enroula autour de son poignet, mordant cruellement la chair de ses pointes métalliques. Le mercenaire tira d'un coup sec pour la frapper de nouveau à l'épaule.

Alerté par le cri de douleur de sa maîtresse, Céruléen se matérialisa sur le pont, oreilles aplaties, naseaux soufflant de colère. Le mercenaire fit volte-face, et décocha un autre coup de fouet. Mais l'entité ignora le danger. Elle fendit l'air de ses sabots et se redressa de toute sa taille. Ses pattes avant retombèrent comme d'immenses marteaux sur les épaules du garde.

Terrifié, celui-ci tenta de rouler hors de portée de son adversaire à quatre pattes. Le cheval lui piétina les jambes.

Tarl brava le danger pour sauver le soldat. Mais l'homme repoussa son aide. Il parvint à blesser Céruléen de son coutelas brandi. Le prêtre fonça, cette fois pour lui arracher la lame d'un coup de marteau et lui écraser le crâne.

Six autres soldats accoururent à la rescousse de leurs camarades ; ils se ruèrent sur la magicienne.

Tarl la rejoignit au moment où le premier sautait à bord. Le prêtre-guerrier lança son marteau ; le crâne de l'imprudent explosa sous la violence de l'impact.

Shal acheva un sort de Force Spectrale : les mercenaires furent repoussés comme par un grain de tous les diables. Deux atterrirent dans l'eau ; les autres retombèrent sur le quai. Le capitaine tira profit du vent pour larguer à nouveau les amarres.

L'adversaire de Ren prit l'avantage, l'obligeant à céder du terrain. Tête baissée, Céruléen chargea et poussa le garde de côté, où il fut cueilli par le bouclier du prêtre. Ren l'acheva d'un coup d'épée courte entre les côtes.

Immobiles, Tarl, Ren et Céruléen entendirent les hoquets de douleur de leur amie, qui murmurait un sort de Contrôle de la Douleur. Assise, elle maintenait un vieux chiffon pressé contre ses plaies pour arrêter l'hémorragie. Son poignet était violacé. Ren et Tarl s'approchèrent. Céruléen boita jusqu'à elle, hennissant doucement de douleur.

— Regardez ! s'écria Ren, pointant une main en direction des quais. D'autres soldats arrivent !

Leur bâtiment fendait les flots, poussé par une belle brise, mais les soldats avaient appareillé à bord d'un petit schooner.

— Peut-on les distancer ? cria Tarl au capitaine. J'ai besoin de temps pour soigner mes amis !

— Je peux essayer ! Où allez-vous ?

— De l'autre côté du fleuve, dit Ren. (Tarl lui lança un regard interrogateur.) Peu importe où nous irons, ils nous poursuivront. Mais ils réfléchiront à deux fois avant de nous suivre dans le cimetière. C'est là que nous nous préparions à aller, n'est-ce pas ?

Tarl garda le silence un moment. Puis il hocha la

tête et dit :

— Va aider le capitaine. Je m'occupe de Shal.

*
* *

Le jeune prêtre se sentait pris au piège. Il fuyait une troupe de soldats pour retourner affronter une armée de morts-vivants. Il oblitéra tout souvenir du cimetière de Valhingen pour se concentrer sur la jeune femme blessée qui avait besoin de lui.

Il commença par nettoyer l'épaule, avant de poser une main sur les zébrures qui la couvraient. Elles n'étaient heureusement pas profondes. L'énergie qui coulait de ses mains était puissante ; la peau se régénéra sous ses doigts. Il s'aperçut que le coup de fouet avait ravivé une ancienne blessure. Il se souvint... Le fortin de Sokol... Le coup de hache. Alors, sa foi n'avait pas été parfaite ; même s'il avait fait de son mieux, la blessure n'était pas complètement guérie. Il fit appel à ses dons. Une énergie bienfaisante le submergea pendant qu'il se concentrait sur l'ancienne blessure. Elle baigna les tissus atteints de sa merveilleuse chaleur. Comme toujours, Tarl eut conscience du rapport spirituel exceptionnel qu'il établissait avec la jeune femme. Une fois le miracle accompli, il adressa une fervente action de grâce à Tyr.

Les contusions au poignet n'étaient pas très graves. Mais les lanières avaient laissé des saletés sous la peau de la magicienne. Tarl grimaça sans rien dire ; utiliser ses talents de guérisseur à deux reprises aussi rapprochées lui valut d'éprouver un léger vertige.

— *Et moi ?*

— Tarl, regarde ! s'exclama Shal.

Une mare de sang s'était formée aux pieds du cheval ; des croûtes séchaient sur son avant-bras. La magicienne se leva et passa un bras autour de l'encolure de la bête. La rapidité de sa guérison la laissait pantoise.

Sans hésiter, Tarl nettoya la jambe blessée de la bête. Le sang qui avait commencé à coaguler coula de nouveau, fluide. Le prêtre pressa ses mains sur la blessure. Tandis que l'énergie coulait pour la troisième fois de son être, il fut pris de faiblesse, et manqua s'évanouir dès sa tâche accomplie.

Shal, inquiète, se précipita.

— Ce n'est rien... Je suis fatigué, dit-il. Pas le temps...

— Chut.

Elle l'attira contre elle, et murmura un sort qui accélérerait le rétablissement de son ami. Puis elle se tourna vers Céruléen :

— Ça va ?

— *Ça fait encore mal. Il n'a pas terminé, mais l'hémorragie a cessé...*

— Le schooner se rapproche ! cria Ren à l'autre bout de l'embarcation. Tarl ! Shal ! Venez m'aider !

— On arrive ! répondit la magicienne.

Elle étendit le prêtre sur le sol et prit une potion de guérison dans le Tissu des Nombreuses Poches. Elle en appliqua quelques gouttes sur les tempes du jeune homme, dans l'espoir que ses propriétés fussent aussi revitalisantes pour l'esprit que pour le corps.

Entre-temps, Céruléen avait rejoint le ranger ; le cheval tenait les cordes de la voile entre ses dents. Il avait dû l'endommager lors de son combat contre le mercenaire et il tenait à faire amende honorable.

Shal courut l'aider. Elle ne connaissait rien en matière de nœuds marins, mais elle fit de son mieux. A l'instant où elle parvenait à tendre de nouveau le grand morceau de toile, il s'enfla de vent ; l'embarcation fit un bond en avant. Le schooner noir avait gagné du terrain ; il arrivait à portée de tir.

Tarl n'avait pas bronché. Par les dieux, Shal espéra qu'il n'avait rien de grave. Mais il fallait se concentrer sur les sortilèges qu'elle allait opposer à l'ennemi. Le Contrôle Météorologique était frais dans sa mémoire.

Elle abandonna son corps à la houle et se laissa gagner par les tourbillons des vents contraires du sud. Enfin, d'un geste et d'un mot, elle saisit la puissance de la brise entre ses mains en coupe, pour l'absorber et la focaliser. Elle relança l'énergie ainsi catalysée sur les eaux que fendait le schooner. Des vagues roulèrent sur les flots jusque-là calmes ; la bande de mer, entre le schooner et le voilier, se souleva de façon anormale.

Le bateau ennemi se mit à tourner, lentement d'abord, entraîné dans le tourbillon d'un siphon surnaturel. Une sensation voisine d'une décharge de foudre parcourut la moelle épinière de la jeune femme. La démiurge en herbe savoura l'ivresse d'une puissance qui lui permettait de contrôler les vents et l'océan, et de réduire un vaisseau à l'état de toupie... Accélérant sa gestuelle, elle répéta son incantation d'une voix plus forte afin de couvrir la houle et les cris des hommes pris dans l'impensable tourmente, et d'entendre sa propre voix.

Des mains puissantes la saisirent par les épaules ; le cri de Tarl brisa sa concentration :

— Arrête ! Ne tue pas mes frères ! (Il lui fit faire volte-face.) Nous n'avons pas besoin de les tuer !

Elle le regarda, ébahie de le voir rétabli si vite, mais sans rien comprendre à ce qu'il disait.

Céruléen vint s'interposer ; il repoussa doucement le prêtre du museau. Shal se replongea dans son sortilège. Quelques gestes de la main, et les flots se remirent à bouillonner avec une férocité accrue...

Le schooner tournoya de plus belle et disparut dans l'infernal siphon. Pareil à de gigantesques mâchoires, celui-ci engloutit le bâtiment comme un vulgaire insecte.

Shal retourna voir Tarl, assis sur le pont, près de Céruléen. Elle s'agenouilla et lui prit le visage entre les mains.

— Est-ce que... est-ce que ça va, Tarl ? Sais-tu où tu es ?

— Je suis... désolé. Je rêvais... du cimetière. C'était si réel... Le vampire était là, devant moi. (Il pointa le doigt à l'endroit où Shal s'était tenue quelques secondes plus tôt.) Il a tué mes frères, les uns après les autres. Il refusait d'arrêter ! Je suis... désolé.

— C'est fini, Tarl... Es-tu sûr que ça va ? Vraiment ?

— Oui, je... je crois. (Il se releva.) Je me sens complètement rétabli, comme si je n'avais plus utilisé mes dons depuis des semaines. C'est ce cauchemar qui me rend un peu nerveux. Comment va ton épaule ?

Shal n'eut pas le temps de répondre - le capitaine cria :

— La voile ! Elle s'est encore détachée !

Ils bondirent pour la reprendre en main. Les

vents faisaient rage : la voile claqua hors de leur atteinte, retomba presque, et, comme animée d'une force maligne, s'envola derechef.

Ils durent s'y reprendre à plusieurs fois pour la rattraper. Tarl refit le nœud. Une fois réparée, la voile se gonfla fièrement ; l'embarcation vola de nouveau sur les flots.

Le capitaine avait fait un grand détour pour éviter les eaux encore noires de l'embouchure. Ils parvinrent en vue de l'autre rivage.

*
* *

— Vous allez devoir débarquer en vitesse, les avertit le capitaine. La Garde Noire ne s'en tiendra pas là, vous pouvez en être sûrs. Je n'ai aucun moyen d'accoster et j'ai peur que ce cheval se casse une jambe en tentant d'atteindre la terre ferme. Comment est-il arrivé là ?

— Ça n'est pas simple à expliquer, répondit Shal, désignant le tissu enchanté à sa ceinture.

— *J'essaierai la planche pour débarquer*, protesta Céruléen.

— Et quoi ensuite ? Plonger de là ?

Elle le toisa du regard, et tendit un doigt impérieux vers le carré de velours.

Sans discuter davantage, le familier s'exécuta.

— Eh bien ! Que le diable m'emporte ! s'exclama le marin, yeux écarquillés. Je me disais aussi que le grain qui nous a sauvés était pour le moins providentiel ! Faire disparaître un cheval dans un bout de tissu, voilà ce que j'appelle de la magie ! Bon, maintenant disparaissez de mon bateau tant que vous le pouvez encore. L'eau n'est pas profonde ; allez-y, vous ne risquez rien.

Shal fourra son équipement dans le tissu. Puis le trio sauta dans l'eau et gagna la berge à la nage.

L'embarcation était déjà loin quand ils touchèrent la terre ferme.

— Et maintenant ? Que faisons-nous ? demanda la jeune femme. (Elle retira sa tunique de cuir pour la faire sécher.) On a quitté la ville, mais le capitaine a raison : la Garde Noire n'aura de cesse de nous retrouver. Et vous pouvez parier que Cadorna est déjà au courant. Nous n'arriverons à rien en prenant racine ici.

— C'est vrai. Nous devons partir, admit Ren. Nous irons au nord puis à l'ouest, vers le cimetière. Après une nuit de repos, nous aiderons Tarl à reconquérir son Marteau.

— Non, dit le prêtre doucement.

— Je comprends. Si tu n'es pas prêt, je vais rendre une petite visite au monstre du château de Valjevo, qui envoie des assassins faire le sale boulot à sa place.

Ren essuya ses lèvres blanches de sel sur sa manche.

— Non, répéta Tarl. Je suis prêt. Ce que je veux dire, c'est que tu n'iras pas avec moi. C'est moi qui ai perdu le Marteau, et c'est moi qui le reprendrai.

— Sois réaliste, Tarl ! protesta Shal. Etre prêtre n'implique pas de devenir martyr ! Ce n'est écrit nulle part !

Ren posa les mains sur les épaules de son ami, et l'obligea à s'asseoir sur une roche :

— Shal a raison. Et puis, on a déjà discuté de tout ça.

La polémique fit rage jusqu'à ce que Tarl baisse

pavillon et se rende à la raison. Ne tenant pas à attendre l'ennemi en grelottant dans des vêtements mouillés, les trois amis s'enfoncèrent à l'intérieur des terres.

Parvenus à proximité du cimetière maudit, ils dressèrent leur camp dans les broussailles. Shal alluma un feu magique sans flammes, et, malheureusement, sans chaleur non plus.

Ren se porta volontaire pour ramasser du bois. Personne ne viendrait avant le lendemain matin, estimait-il, à supposer qu'on les recherche. Les créatures dont ils devaient se garder seraient plus facilement repoussées par un feu.

Après un maigre repas composé de fruits séchés, Tarl et Shal partagèrent quelques instants de silence. Le prêtre se racla nerveusement la gorge :

— Shal... Je ne sais pas comment le dire... Je... je connais tes sentiments pour Ren...

— Ce n'est pas la même chose...

Tarl s'abîma dans son regard vert.

— Ce qui veut dire ?

Shal lui tendit les mains. Depuis leur étrange rencontre au port de Phlan, elle n'avait pas été certaine de ses sentiments ; mais elle avait conscience de son extraordinaire gentillesse. Ce que Ren éprouvait pour elle était justifié par sa ressemblance avec Tempête. Mais elle n'avait pas encore analysé le comportement de Tarl. Après qu'il l'eut guérie, au temple, elle l'avait cru submergé par les violentes émotions du moment. A présent, tandis qu'il lui serrait les mains et l'attirait contre lui, elle sut que son affection était à la fois forte et sincère.

— Ce qui veut dire que je t'aime, Tarl.

Aussi merveilleuses qu'aient été ses sensations chaque fois qu'il l'avait soignée, elles doublèrent d'intensité. Une électricité inconnue, une conscience exacerbée de l'autre la parcoururent et la firent frissonner quand elle sentit ses doigts glisser doucement sur sa nuque et son dos ; il déposa un baiser sur son front. Elle frissonna à la chaleur de son souffle quand il lui murmura :

— Je t'aime aussi, Shal.

De tonitruants craquements de brindilles les firent s'écarter l'un de l'autre, et sortir leurs armes à l'unisson. Ren émergea des broussailles.

— Pas très discret pour un ranger ! plaisanta Shal, luttant contre son embarras.

— Aussi discret que cela me plaît, répondit le géant, un sourire triste aux lèvres.

Tarl se précipita pour aider à allumer le feu.

— Apparemment, il n'y a rien de plus féroce dans les parages que des putois et des serpents. Je crois qu'on pourra dormir sur nos deux oreilles.

Pourtant, Tarl veilla tard dans la nuit, les sens en alerte. Mais il régnait un calme profond. Seules dansaient les ombres du feu, projetées aux alentours. Il contempla Shal dans son sommeil, ses cheveux roux embrasés par les flammes dorées. Au bout d'un long moment, il glissa sa couverture près d'elle et s'allongea. Sous la nuit étoilée, il pria et s'endormit à son tour d'un sommeil sans rêves.

Ren feignait d'être endormi. En réalité, il songeait aux épreuves qui les attendaient. Ses compagnons avaient prouvé leur valeur au combat, mais il était convaincu qu'ils ne traverseraient pas le cimetière indemnes. Il était trop facile de réveiller les morts ; ils seraient de nouveau submergés par les zombis, comme sur l'île de l'Epine. Et ceux de Valhingen n'étaient pas d'anciens prêtres de Tyr...

Sa décision prise, il s'autorisa un somme rapide.

Quand Tarl et Shal s'éveillèrent, Ren avait disparu. La première pensée de la jeune femme fut qu'il n'avait pas supporté ce qu'il avait surpris la veille. Tarl secoua vivement la tête quand elle lui confia ses craintes :

— Non. Il m'a dit et répété que je n'avais aucune chance de reprendre le Marteau seul. Il croit y parvenir grâce à ses talents de voleur et de ranger. A mon avis, il est parti là-bas.

Un frisson glacé parcourut l'échine de la magicienne. Ren l'avait encore dit la veille : le meilleur moyen de réussir était d'y aller furtivement. La présence du prêtre, son aura, son médaillon, tout en lui concourait à irriter les morts-vivants. Circonstance aggravante, il servait un dieu bienveillant.

Levant le camp sans tarder, ils atteignirent les portes de la nécropole avant que le soleil soit haut à l'horizon. Au souvenir des hennissements d'agonie des chevaux, Tarl eut le cœur serré quand Céruléen réapparut. Comme si elle avait lu en son cœur, Shal lui rappela que son familier n'était pas un cheval ordinaire.

A revoir les palissades, le jeune homme se demanda comment ils avaient pu les prendre pour les remparts d'une ville.

— Nous étions des prêtres de campagne, venus de Vaasa, murmura-t-il. Rien que des pauvres prêtres de village.

Il serra la main de sa compagne sans rien ajouter, puis leva son bouclier et son marteau avant de passer les portes d'un pas lent. Le marteau s'illumina ; le symbole sacré devint glacé sur la poitrine nue du prêtre. En plein jour, le cimetière de Valhingen aurait pu passer pour un parc. Des asters et des pensées à cœur noir semaient le parterre de feuilles et de mousse de brillantes couleurs vives. Des bougainvillées pourpres et des vignes vierges couvraient les mausolées.

Trois semaines s'étaient écoulées depuis le jour du massacre. Mais Tarl ne vit aucune trace de ses camarades tués. Il formula une prière muette pour chacun d'entre eux, espérant que leurs âmes aient réussi à fuir le sinistre endroit avant que leurs chairs soient déchiquetées par les nécrophages.

Ren n'était nulle part en vue. Mais ils n'eurent pas à aller loin pour s'apercevoir que le voleur n'était pas passé sans combattre. Entre de hautes herbes, ils aperçurent une longue piste d'os blanchis.

Ils la suivirent, n'osant espérer que Ren ait réussi à vaincre tous les squelettes-guerriers du secteur. La piste blanche fit place à une coulée de morceaux de chairs en décomposition : les restes de zombis. Malgré leur courage, Tarl et Shal étaient aussi tendus que des cordes de violon.

Le jeune prêtre avançait à pas de loup, comme si sa vie était suspendue à un fil. Malgré le silence, il était sûr que son marteau et son médaillon trahissaient leur présence. Shal le suivait, Bâton des Merveilles en main. Céruléen fermait la marche, aussi élastique et souple qu'un félin, tous les sens en alerte.

Tarl ne put s'empêcher de penser que le vampire jouait avec leurs nerfs ; il les laissait atteindre le centre du cimetière à dessein. Là, il lancerait des kyrielles de misérables créatures contre les humains. D'une seconde à l'autre, il en avait la certitude, la place allait grouiller de zombis, d'â-

mes en peine et de spectres. Ils seraient piégés...
Le prêtre revoyait le vampire nu, sa peau translucide tendue sur une ossature blanchâtre ; il entendait de nouveau sa voix flûtée le persuadant d'approcher encore. Son rire dément, haineux, résonnait toujours à ses oreilles...

Tarl fit signe à Shal et Céruléen d'arrêter. Il ne pouvait pas se permettre de faux pas. Il avait besoin d'un répit.

Inhaler la puissance de Tyr.

Exhaler la peur de Valhingen.

Inspiration.

Expiration...

Il toucha son médaillon, reprit la route.

La tension se brisa quand un zombi jaillit du sol, envoyant gicler des mottes de terre un peu partout. Sur une impulsion, Tarl lança son marteau avec la violence d'un ressort. La créature fut décapitée net.

La scène arracha un petit cri à la magicienne ; un frisson de peur parcourut Céruléen.

Tous trois hésitèrent à continuer. Tarl eut de nouveau le sentiment que les horreurs de Valhingen se déchaîneraient sur leurs têtes, dès qu'ils auraient atteint le point de non-retour - *littéralement*.

Il adressa une dernière prière à Tyr, et se remit en marche avec mille précautions. Ils parvinrent à un muret en ruine. La piste d'os et de chairs décomposées n'était plus visible. Ils furent réduits à *supposer* que Ren était passé par là. Tarl escalada le muret dans le plus grand silence.

— *Il sera difficile pour moi de vous suivre sans glisser...*, dit le familier.

Shal voulut le guider, mais ce fut elle qui glissa sur des pierres folles. Son pied percuta le coin d'un mausolée en granit. La porte de bois claqua : trois horribles apparitions jaillirent.

— Des nécrophages ! hurla Tarl.

Il s'interposa entre les monstres et sa compagne.

Shal n'avait jamais vu semblables créatures. Leurs longs cheveux étaient crasseux, leur visage, hagard, avec quelque chose d'animal, et leur regard rappelait celui de bêtes nocturnes. Leurs bras démesurés avaient un aspect simiesque ; leurs mains noueuses portaient des griffes assez longues pour infliger des blessures mortelles.

Les nécrophages se déployèrent en éventail, obligeant Tarl, Shal et Céruléen à les combattre séparément.

Tarl leva son bouclier ; des griffes en forme de serres déchirèrent l'air et réussirent à tromper sa garde. Aussitôt, il tenta d'asperger les monstres d'eau bénite. Ils reculèrent avec des cris perçants, la chair brûlée par les gouttelettes. Mais le prêtre n'avait pas réussi à atteindre des zones vitales ; l'essentiel de son flacon était gaspillé. Un des adversaires revint à la charge ; Tarl entonna un chant destiné à repousser les morts, seule chose qui, à sa connaissance, pouvait ébranler un nécrophage.

Shal reculait, soucieuse de maintenir une certaine distance entre les monstres et elle, avant de déclencher la puissance du Bâton des Merveilles. Un zombi se montra plus entreprenant que les autres. Aussi gauche qu'il parût à la lumière du jour, il chargea en zébrant l'air de ses serres.

A l'instant où il arrivait sur elle, Shal acheva son incantation. En un battement de cil, les serres se muèrent en fleurs : de fraîches marguerites blanches au cœur doré...

Le nécrophage frappa aux yeux, qu'il espérait crever, à l'abdomen, qu'il voulait déchirer. Au lieu de quoi, les marguerites caressèrent les paupières et le ventre de la jeune femme ; le monstre recula, médusé !

Shal aurait pu en rire, n'eût été la gravité du moment. Sans perdre une seconde, le monstre fondit sur sa proie, gueule ouverte comme un chien fou. La magicienne n'eut que le temps d'activer d'un mot le Bâton des Merveilles. Le nécrophage se volatilisa ; un squelette vint s'écraser contre elle. L'impact lui fit perdre l'équilibre ; la jeune femme se débattit, paniquée, pour s'extraire du tas d'os qui tombait peu à peu en poussière.

Céruléen virait au carmin dans sa furie. Il se cabra à trois reprises et piétina le monstre grotesque qui lui résistait. La créature parvint à lui lacérer les jambes. La nature magique de l'affrontement protégeait le familier de l'aptitude du nécrophage à aspirer l'énergie vitale. Mais cela ne l'épargnait pas.

Le sang gicla, des étincelles violettes volèrent. Le nécrophage, touché par le feu surnaturel, poussa un cri d'outre-tombe. A la quatrième ruade, Céruléen parvint à lui fracasser le crâne ; sa cervelle se répandit sur l'herbe.

Le sortilège de Tarl eut un effet immédiat : l'esprit du mort, prisonnier du nécrophage, s'exhala de la poitrine monstrueuse en une grande bouffée. L'âme prisonnière était enfin libre ; le corps déformé s'affaissa comme une vieille chemise sale.

Les deux jeunes gens et le cheval auraient aimé un répit, histoire de reprendre leur souffle. Tarl aurait pu remarquer les blessures aux jambes de Céruléen, et le soigner. Mais le silence suivant leur victoire fut brisé par des cris étouffés et des chants.

Les voix étaient inquiétantes, distantes, inhumaines, empreintes de douleur... Difficiles à supporter. Elles paraissaient venir de nulle part. Il n'y avait personne en vue - ni squelettes, ni humanoïdes, ni morts-vivants. Céruléen dressa les oreilles et hennit doucement. Il avança sous l'arche d'où avaient jailli les nécrophages. Il fit halte face à un jalon de bois. Sa robe s'illumina d'une pâle lueur améthyste.

— *Une trappe*, dit-il à Shal, *Ren y est tombé. Je le sens. Et il est blessé.*

— Non ! hoqueta la magicienne.

— *La piste est fraîche. Très fraîche. Il peut encore être en vie.*

— Que se passe-t-il ? murmura le prêtre.

— Ren est là, sous terre !

*
* *

Il n'y avait rien de plus à dire. Avec précaution, ils soulevèrent le panneau de bois qui dissimulait un étroit escalier. Les marches étaient hautes, presque comme celles d'une échelle ; elles plongeaient dans les ténèbres. Sans que sa maîtresse ait besoin de le lui ordonner, Céruléen réintégra le Tissu des Nombreuses Poches.

Tarl empoigna son marteau et commença à descendre, une prière sur les lèvres. En bas, il ne rencontra pas de gardes. L'endroit était plongé dans les ténèbres. Il aida Shal à descendre à son tour. La magicienne ne tenait pas à trahir leur présence en utilisant la torche éternelle.

Seul le son des voix les guidait : c'était un étrange chant composé de cris inhumains, les mêmes qui leur étaient parvenus à la surface.

Une porte s'ouvrit sur un immense espace souterrain. Malgré l'obscurité, Tarl et Shal parvinrent à distinguer plusieurs dizaines de silhouettes, nimbées d'une pâle lueur crépusculaire.

La lumière était avalée par les cadavres ambulants, absorbée par les nécrophages, capturée par la présence nébuleuse des spectres, ou consumée par les os des squelettes. L'effet en était une vision de cauchemar : le genre de mauvais rêve où le dormeur, traqué, court sans fin dans un brouillard irréel, avant de se réveiller en sursaut, glacé de sueur.

Des relents de moisissures, de poussières, de décrépitude et de mort rendaient l'air quasiment irrespirable. Les incantations démoniaques des morts-vivants faisaient grincer des dents.

Un murmure s'éleva du fond de la salle, roulant rapidement jusqu'à la lisière de la sinistre assemblée. Les monstres s'agitèrent, puis se retournèrent par vagues ; l'inquiétante lumière d'un bleu glacial explosa dans de multiples directions, éclairant plus nettement les créatures.

Tarl sentit les griffes de la nausée fouailler ses entrailles ; une terreur sans nom le submergea. Sa présence, et celle de Shal encore moins, ne pouvaient passer inaperçues.

Tout au bout de l'aile se tenait le vampire. Tarl le sentit autant qu'il le vit.

— Très bien.

La voix fantomatique donna la chair de poule au jeune prêtre. Le vampire leva plus haut la source de l'étrange lumière. Avant de voir ce que c'était, le prêtre comprit qu'il s'agissait du Marteau sacré de Tyr. Sa puissance et sa lumière, toutes deux divines, avaient été détournées et corrompues. L'obscurité avait à moitié gagné l'objet. L'éclat azur qui subsistait n'était plus qu'un vestige. Une nouvelle nausée envahit le jeune prêtre, glacé de terreur.

Le vampire se tourna vers les intrus ; le regard absent, il semblait ne pas les voir. Il dirigea simplement le symbole sacré pour que sa maigre lueur éclaire l'espace situé devant lui.

— Ren ! s'écria Shal, désespérée.

Son ami gisait, prostré, aux pieds de l'horrible créature qui hantait les cauchemars de Tarl. Même de l'autre bout de la salle, ils apercevaient ses habits et sa cotte de mailles tailladés, et le sang qui coulait lentement de ses plaies.

— Bienvenue, humains.

Le vampire éclata d'un rire maladif, celui d'un forcené s'amusant de ses innombrables méfaits. Une multitude de doigts squelettiques poussèrent les deux compagnons en avant. Tarl lutta contre la certitude déprimante qu'ils ne s'en sortiraient jamais, à présent qu'ils étaient tombés en enfer. Désespérément, il s'efforça de se concentrer sur le Marteau sacré, essayant d'imaginer comment et quand il pourrait l'arracher des mains de l'être blasphématoire.

Shal entonna un sortilège. Un vent glacé fouetta l'assemblée ; des coulées de neige s'abattirent sur la moitié des monstres. Pris dans la tourmente hivernale, ils se montrèrent désorientés ; des coudes et des hanches se désintégrèrent. Les zombis et les squelettes poussèrent des cris stridents en glissant à leur tour sur le sol verglacé.

Shal profita de la confusion pour avancer. Elle avait presque rejoint Ren quand des dizaines d'ennemis, piétinant leurs semblables, les encerclèrent. Tarl aussi était piégé, car il s'était précipité à la suite de la jeune femme. Les squelettes tirèrent leurs armes des fourreaux.

Tarl brandit son marteau, broyant les créatures qui passaient à sa portée ; il tenta de percer une trouée dans les rangs ennemis. Quand il eut fait suffisamment de vide autour d'eux, il leva son symbole sacré.

— Laissez-nous, vermine putride ! cria-t-il. Au nom de Tyr, laissez-nous !

Une lueur bleue jaillit. Ceux qui la virent tombèrent foudroyés.

Mains tendues, Shal psalmodia une nouvelle incantation.

— Assez ! tonna le vampire. Je n'en supporterai pas davantage !

Shal tendit les doigts vers lui et lança un éclair magique. Aveuglant, il zébra l'espace, déroutant de nombreux morts-vivants ; le vampire lui-même fut contraint d'abriter ses yeux rouges derrière un bras levé.

Mais la foudre n'atteignit jamais sa cible : la poitrine de la créature. L'énergie surnaturelle fut à la fois déviée et absorbée par le Marteau sacré corrompu. Sans comprendre ce qui lui arrivait, dans la même fraction de seconde, Shal fut projetée en l'air comme un sac de farine. Elle retomba avec un bruit mat.

— Non ! hurla Tarl, horrifié.

Il aurait donné sa vie pour sauver celle de la jeune femme.

Le vampire poussa un long cri de triomphe :

— Ça se joue entre nous deux maintenant, *mon garçon* ! Je vais me repaître de ton sang - et du leur - pour le souper !

Les yeux voilés par des larmes de rage, de peur et de douleur, Tarl arracha son médaillon et chargea, symbole brandi, tel un possédé. L'aura azur du médaillon, profonde et puissante, faiblit devant le vampire. Absorbée par le Marteau de Tyr souillé, elle mourut, oblitérée par l'immonde noirceur. Le vampire tendit ses lèvres glacées, comme pour cracher, et exhala un poison issu des profondeurs putrides de ses poumons.

Tarl dut reculer.

— Allons, allons, il n'y a pas de raison d'être si irascible. Abjure ton imbécile de dieu. Rejoins mon armée, et je veillerai à ce que tes amis regagnent la surface, loin d'ici.

— Pour qu'ils soient réduits à l'état de légumes comme Anton ? Rien à faire, engeance du démon !

Le prêtre murmura précipitamment une prière à Tyr. Mais il s'étrangla, ses efforts bloqués par le Marteau infernal.

Renversant la tête en arrière, le monstre partit d'un rire tonitruant, grinçant, démoniaque :

— Stupide ! Ces petits jeux sont lassants. Rejoins mon armée, *maintenant*, ou meurs !

— Jamais ! hurla Tarl.

— Tuez-... le !

Les deux mots, distinctement séparés, résonnèrent dans toute la caverne.

Avant qu'il ait pu brandir son médaillon, ou lancer un nouveau sort, une dizaine d'âmes en peine, et deux fois plus de spectres l'encerclèrent. Un seul le toucha. Le jeune homme sentit son corps se glacer, comme s'il venait de passer des heures nu sur la banquise.

Il tenta désespérément de riposter avec son marteau, de courir, de bouger... N'importe quoi... Mais son corps ne lui obéissait plus.

De toutes parts, les doigts immatériels des âmes en peine se tendaient vers lui. S'il parvenait à bouger, il pourrait en repousser quelques-uns avant de mourir. Mais il ne les empêcherait pas de le tuer.

Le rire démoniaque résonna de plus belle ; Tarl fit la seule chose encore possible. Comme une masse, il tomba à genoux et invoqua la puissance divine de Tyr. En moins de temps qu'il n'en fallait pour prier, il devait accomplir ce qui lui avait pris des heures au temple : se purifier, exposer totalement son moi profond aux yeux divins, et se purger de toute frayeur en échange d'une confiance illimitée.

D'une image mentale, il devait vouer son âme à Shal, Anton, Ren, et au Marteau de Tyr.

Un genou à terre, il ne vit pas les résultats miraculeux de sa prière. Le Marteau de Tyr s'embrasa comme une nova. Un hurlement horrible, à glacer les sangs, s'échappa des lèvres du vampire. Lui et son armée des ténèbres retombèrent en poussière. La lumière sacrée baigna la salle, faisant couler à flots la bonté divine sur Tarl, Ren et Shal.

CHAPITRE XII

LA FONTAINE DE LUMIÈRE

— Balourds sans cervelle ! vociféra Cadorna. Pourquoi la ville vous paie-t-elle ?

Les quinze soldats de la Garde Noire se tenaient silencieux dans la salle du Conseil.

— Est-ce qu'un de vous a vu dans quelle direction ils partaient ?

Un des hommes finit par répondre :

— Moi, j'ai vu : huit d'entre nous les ont poursuivis à bord d'un petit schooner. Je fus le seul à regagner la rive sain et sauf quand la sorcière a englouti le bâtiment dans un maelström...

— Félicitations, soldat, l'interrompit Cadorna, sarcastique. Tu es en vie ! Je n'en attendrais pas moins d'un gosse ! Mais que sais-tu exactement ?

— Ils ne sont pas allés vers la Mer de Lune. Ils ont dévié vers l'embouchure du fleuve Stérile, et ils ont gagné les berges à l'est de la ville.

— Où ont-ils débarqué, précisément ?

— Je ne l'ai pas vu, seigneur.

Cadorna leva les mains, puis se tourna vers son acolyte :

— Qu'en dis-tu, Gensor ? Avons-nous un moyen de savoir où ils se trouvent ?

— Pas que je sache, répondit le mage. (Il reprit, dans un murmure :) Renvoie-les. Fais-les patienter dehors. Nous devons parler.

Cadorna le fixa, l'air intrigué, avant d'obtempérer.

Une fois seuls, la discussion reprit. Gensor articula lentement, pour donner plus d'emphase à sa déclaration :

— Tu n'as aucun moyen de savoir où ils sont... ni où ils vont.

— Correct. Qui sait ce que Yarash aura pu leur dire ? continua le premier conseiller. Il est impératif de les attraper tous les trois. Mais comment ? Tu as dit toi-même qu'il n'y avait aucun moyen de les localiser.

— Conseiller, je déteste être si brutal, mais tu ne comprends pas. Ce n'est pas ce qu'ils peuvent, ou non, savoir qui pose problème. C'est ce que le Seigneur des Ruines pourrait tirer d'eux. Réfléchis donc... Souviens-toi de ton plan pour leur voler les pierres *ioun* et compléter toi-même l'hexagone. Si le Seigneur des Ruines devait mettre la main sur le trio, et obtenir les deux pierres, tu perdrais l'occasion de t'emparer du pouvoir. Tu n'aurais jamais la possibilité de régner sur Phlan, Sauvage comme Civilisée. Honorable premier magistrat Cadorna, je t'abjure d'agir contre le Seigneur des Ruines *maintenant*, car tu n'auras peut-être jamais plus d'autre occasion.

— Tu veux dire attaquer le Seigneur des Ruines pour m'emparer de ses pierres *ioun*, puis de celles du voleur ?

— Exactement. Même si tu échoues sur l'un des deux tableaux, tu auras au moins autant de pouvoir que le dragon, ce qui est considérable.

— Tu as tout à fait raison, répondit lentement Cadorna.

Ses yeux luirent étrangement ; il se tordit les mains. Il n'avait pas besoin que Gensor poursuive. Il rappela la Garde Noire. Avec l'aide du sorcier, il expliqua qu'il fallait mettre à mort un dragon de bronze, très puissant, qui avait fait du château de Valjevo son repaire, à l'extrémité nord de la ville.

— Je vous donne une chance de vous racheter, dit-il aux soldats. Voilà l'occasion de vous couvrir d'une gloire sans pareille. Mais prenez garde ! Je ne tolérerai pas davantage de stupidité ou de lâcheté de votre part !

— Je suis certain de parler en notre nom à tous, premier conseiller, répondit un homme. Tu peux compter sur nous !

Les gardes s'attelèrent aux préparatifs de leur nouvelle mission.

Deux heures après l'aube, sous la supervision de Cadorna, ils parvinrent en vue des portes du château de Valjevo.

*
* *

Un lourd silence pesait sur la caverne, comme une chape faite de toiles d'araignée. Le sol en terre battue était couvert d'une épaisse poussière. Shal ouvrit les yeux ; une luminosité azur inondait la caverne. La jeune femme ignorait ce qui s'était passé. Etait-elle encore vivante ?

Elle s'assit lentement. Tarl se tenait près d'elle, les mains levées vers la voûte, une innocente expression sur le visage. Sa chevelure blanche avait pris une nuance presque bleue. Le Marteau de Tyr flottait dans les airs au-dessus de lui. Sa tête d'acier était rouge comme du métal en fusion. Ren gisait toujours face contre terre. Shal se leva pour courir à son côté. Au même instant, le jeune homme blond revint à lui.

— Quel enfer ! bougonna-t-il d'une voix pâteuse. Qu'est-il arrivé à nos hôtes ?

Il se leva avec difficulté.

Tarl s'ébroua et les rejoignit, le visage baigné de l'aura bleue du Marteau de Tyr.

— Partis, dit-il simplement. Vaincus par le pouvoir de Tyr. La même puissance qui nous a sauvés et guéris tous les trois.

Il écarta les bras pour étreindre son ami et sa bien-aimée. Puis il versa des larmes de soulagement, comme ses compagnons.

Malgré le choc, ils se sentaient étrangement rajeunis, et reconnaissants d'être encore en vie.

Ils restèrent ensemble sans mot dire, bras dessus, bras dessous. Tarl rompit le premier le silence :

— Je ressens une grande sensation de soulagement. Maintenant que le vampire a disparu, Anton va guérir, et je pourrai restituer le Marteau de Tyr à notre temple, dans Phlan la Civilisée. Je ne m'inquiète pas de la Garde. C'est la volonté de Tyr que le Marteau soit rendu à ses fidèles ; rien ne m'empêchera de le faire.

Tarl tendit la main vers le Marteau flottant. Mais celui-ci s'écarta vivement, comme s'il était doué de volonté. Une seconde tentative se solda par le même échec.

Tarl douta un instant de la pureté de sa propre

foi. Quand l'objet continua à lui échapper, il eut peur que ce soit l'œuvre de forces maléfiques. Le vampire était-il vraiment vaincu ? Le Marteau flotta jusqu'à la paroi, à l'endroit où se tenait le monstre quelques instants auparavant.

Durant d'atroces secondes, le jeune homme crut voir son aura diminuer de nouveau. Mais l'auréole bleue ne faiblit pas ; un rayon de lumière nimba la caverne de ses feux.

Sur la paroi, un ovale azur se découpa derrière l'objet flottant. Le Marteau s'inclina d'arrière en avant, pour être propulsé par une main invisible contre la pierre devenue fluide. Des cercles concentriques ondulèrent du centre au périmètre de l'ovale.

Quand ils se dissipèrent, l'étrange ouverture s'estompa avec eux. Une porte apparut.

La lumière divine éclairait une petite pièce. Tarl s'élança vers le seuil, ses compagnons sur les talons.

— Un lieu de téléportation, observa Ren. Comme celui qu'utilisait Yarash.

— Et de toute évidence, je suis censé y avoir recours, conclut Tarl.

Cette fois, le Marteau vint se nicher dans sa main tendue.

— A ce qu'il semble, *nous* sommes supposés y avoir recours, rectifia Shal.

Tarl hocha la tête. Tous trois pénétrèrent dans la salle. L'objet sacré s'auréola une fois de plus d'une vive luminosité...

*
* *

Quand son intensité redevint normale, Ils se retrouvèrent sous une arche faite d'arbustes semés d'épines.

— Attention, avertit Ren. J'ai déjà vu ce genre d'arbustes. Les épines sont enduites d'un poison naturel, et ces feuilles dentelées peuvent faire de belles entailles. N'essayez même pas de repousser des branches. Faites un détour plutôt que d'entrer en contact avec elles. Ces végétaux, à l'instar des vignes, ont des espèces d'antennes. Ils réagissent aussi vite que l'homme, et leur contact est mortel. Bien des venins de serpents sont une plaisanterie en comparaison.

Au-delà de l'arche se déroulaient trois sentiers étroits bordés d'arbustes vénéneux. Tarl scruta le Marteau, mais aucun signe ne l'aida à choisir la bonne voie.

— Où sommes-nous ? demanda Shal.

Ren désigna au loin une tourelle blanche.

— Le château de Valjevo, murmura-t-il. Probablement un des plus grands édifices des Royaumes. Selon le groupe d'orcs que nous avons croisés en allant à la rencontre de Yarash, il s'agirait de l'antre du Seigneur des Ruines. La pièce devait être le moyen dont se servait le vampire pour se téléporter chez son maître.

— Notre présence ici n'est pas le fruit du hasard, décréta Shal d'un ton ferme.

— Sûrement pas, acquiesça le ranger. C'est le destin, et les dieux. Si tu es prête à affronter le salaud qui a engagé Cadorna pour tuer Ranthor, je suis prêt aussi. Pour ma part, je l'étrillerai pour le meurtre de Tempête.

— Je suis prête. Mais savons-nous ce que nous cherchons, ou comment le trouver ?

Ils étaient piégés dans un authentique labyrinthe.

— Nous reconnaîtrons le Seigneur des Ruines dès que nous le verrons, affirma Tarl, sûr de lui.

— Il a raison. Nous devrions aller droit devant nous, dit Ren. J'ai le pressentiment que le vampire, s'il venait souvent ici, n'avait pas à traverser le labyrinthe à chaque fois.

Il ouvrit la marche. Le sentier tournait à droite, puis à gauche, se scindant en deux nouvelles arches. Ils continuèrent devant eux, jusqu'à un T.

— Attendez, dit Ren. (Il huma l'air, puis toucha du doigt le plat d'une feuille dentelée.) Il y a eu d'autres humains dans le coin - récemment. Ils se sont taillés une route à coups d'épées. Ces buissons hurlent de douleur.

— Des buissons qui *hurlent* ? s'étonna la magicienne.

— Il y a une odeur de souffrance chaque fois qu'une plante est coupée et perd ses fluides. Cette haie a été salement endommagée.

Ren fut un instant semblable à un chaman à l'écoute d'une présence mystérieuse, les bras tendus, le nez levé pour capturer des odeurs.

— Par ici, dit-il enfin, les menant vers l'est. (Il fit halte.) Du sang... Je le sens.

Avec prudence, les trois compagnons négocièrent le nouveau tournant. L'emblème de la Garde Noire s'offrit à leur vue, cousu sur la poitrine d'un homme pendu de manière grotesque à la haie. Machette en main, il n'avait rien pu faire contre les épines vénéneuses.

Sa peau avait pris une étrange couleur ; le poison s'était répandu à la vitesse de sa circulation sanguine. La bouche remua... L'homme vivait encore !

— Cadorna... le salaud... s'en fichait... combien de nous... y laisseraient... leur peau...

Tarl tendit la main.

Mais il était trop tard.

Le soldat exhala son dernier soupir. Son corps s'affaissa. Derrière lui gisait un autre homme, la main prise dans les buissons empoisonnés. En face des deux morts, on avait taillé une brèche assez grande pour laisser passer trois ou quatre hommes.

— Vous croyez que Cadorna a amené la Garde Noire ? murmura Shal.

Ren hocha la tête :

— A part lui, je ne vois personne d'assez paranoïaque pour sacrifier des vies afin de se frayer un passage dans des buissons. Je suis sûr qu'il est tapi là, quelque part. Avec un peu de chance, on aura le Seigneur des Ruines *et* Cadorna ; personne n'est repassé par ici.

Il n'y avait plus de doute sur le chemin à suivre. Combien d'hommes avaient péri en taillant un passage parmi des végétaux vénéneux ? Ren vit une botte dépasser des broussailles au coin d'un mur, et une main tendue.

— Suivez-moi, déclara-t-il. Baissez la tête et restez aussi loin que possible des branches.

Une fois le labyrinthe traversé, ils se trouvèrent au pied de la tour centrale. Ses murs étaient faits du marbre blanc le plus rare. En d'autres temps, songea la jeune femme, ils avaient dû être d'une blancheur immaculée, symbole du bien qui régnait alors dans les Royaumes.

La tour exsudait aujourd'hui la corruption et la souillure que Shal et ses deux amis combattaient depuis le début au nom du Conseil de la ville. Des runes souvent utilisées par des sorciers « noirs » couraient sur la plus grande partie du marbre extérieur. Malgré sa blancheur, la tour avait un aspect des plus sombres.

Une partie de l'édifice s'était écroulée. Plus loin,

un gibet avait été érigé ; deux ogres morts gisaient à proximité.

— Voilà un combat que nous avons manqué, murmura Shal.

Shal et Ren sourirent. Ils se sentaient près du but, et déterminés. En même temps, les trois compagnons étaient tendus à craquer.

Tarl désigna une immense porte, sur leur gauche. Elle était ouverte.

— Je soupçonne Cadorna et ses hommes d'être passés par là, dit Ren. Voyons s'il existe une autre entrée.

*
* *

Cadorna frisait l'apoplexie : les gages qu'il devrait à la Garde et à la Guilde des Mercenaires étaient astronomiques ! Cinq membres de la Garde Noire avaient été empoisonnés par les broussailles, quatre de plus étaient morts des mains d'un sorcier qui prétendait être le Seigneur des Ruines.

Quand Cadorna s'était enfin trouvé face au véritable maître des lieux, il n'avait plus assez d'hommes sous ses ordres. Les six survivants avaient réussi à blesser le dragon de bronze avant de tomber sous ses coups. Gensor avait placé avec succès une série d'attaques magiques.

Pour finir, Cadorna et lui avaient été contraints de chercher refuge dans une pièce voisine où ils tentaient de dresser un nouveau plan.

*
* *

Shal et Tarl suivirent Ren. Une seconde porte, de taille plus conventionnelle, se trouvait à l'opposé de la première. En ébène, ses moulures composaient la représentation complexe d'un dragon. Hélas, l'huis était verrouillé. Shal la sonda pour détecter d'éventuels pièges magiques. Une aura jaune apparut. La magicienne appela Céruléen. Aussitôt que le familier poussa la porte, une brume jaune jaillit de la gueule du dragon de bois.

— Non ! s'écria la magicienne.

Elle étouffa un hurlement ; Céruléen se cabra. Shal entonna un sort pour disperser les exhalaisons mortelles, mais le vent magique ne réussit pas à empêcher le poison de pénétrer dans les naseaux du cheval. Shal tenta de le calmer : il secouait furieusement la tête et hennissait pour chasser le gaz toxique de ses poumons.

Tarl prit une bourse à sa ceinture, et versa une poudre sur la bouche de Céruléen. Le quadrupède fut pris d'un accès d'éternuements. Quand ce fut fini, Shal lui essuya les yeux et les naseaux.

Elle lui caressa l'encolure.

— *Ça va, vieille branche* ?

Céruléen hocha la tête. Sa respiration était encore heurtée, mais il ne courait plus aucun danger.

Entre-temps, Ren avait étudié la porte d'ébène à la recherche de pièges mécaniques. N'en trouvant aucun, il poussa doucement le battant de bois. Dans la cour intérieure où ils entrèrent, les murs étaient complètement nus, dépourvus de corniches, de soubassements ou de linteaux. Du sol jusqu'aux hauteurs de la toiture, rien n'arrêtait le regard. Des grilles de fer bordaient une grande estrade. Un escalier noir plongeait dans les profondeurs de la terre. Les murs brillaient d'un éclat doré.

— J'ai déjà vu ça quelque part, murmura Ren.

Tarl lui répondit à voix basse :

— Dans le temple des gnolls... le modèle était rigoureusement semblable. Il est là, pas de doute. Ce doit être l'antre du Seigneur des Ruines.

— Venez donc en bas, appela quelqu'un d'une voix chaleureuse, j'aime la compagnie !

Les trois amis échangèrent des regards surpris. Ren se glissa jusqu'à la rambarde de fer, et risqua un coup d'œil dans la grande caverne d'or. Il ne vit nulle trace de Cadorna ou des soldats, mais il aperçut une fontaine en forme de croissant, exacte réplique de la maquette qu'ils avaient pulvérisée. Elle brillait d'une intensité surnaturelle, comme si elle disposait de sa propre source de lumière.

— La Fontaine ! chuchota Ren. « *Pouvoir à la Fontaine* » ! C'est ça ! Le sang versé dans les temples est drainé jusqu'à la Fontaine !

Non loin de là, se tenait un gigantesque dragon de bronze ; sa couleur métallique indiquait qu'il faisait partie d'une race de dragons *bienveillante*.

— Venez, descendez, je vous en prie, répéta la bête.

La voix, répercutée dans tout l'édifice, paraissait amicale et véhiculait une chaleur authentique.

Ren avait vu trois dragons de près, tous plus imposants les uns que les autres. Celui-ci semblait une fois et demie plus massif. L'électricité crépita dans l'air. La bête agita nerveusement la queue.

— Un dragon de bronze, murmura le ranger à ses compagnons. Nous cherchons le Seigneur des Ruines, lança-t-il à la créature.

— Mort, répondit-elle. Un homme malingre, mais aux extraordinaires pouvoirs mentaux. De loin le plus maléfique qu'il m'ait été donné de voir en plusieurs millénaires.

— Vis-tu ici ? questionna Ren, étonné.

Il n'avait jamais entendu parler d'un dragon de bronze habitant sous terre.

— Oui, honorable Ren de la Lame. Ce lieu a été mon repaire durant plusieurs générations. Bienvenue à toi et à tes amis, Shal Bal et Tarl Desanea.

Les jeunes gens sursautèrent. Captant leur inquiétude, Tyranthraxus, l'occupant démoniaque du corps du dragon, calma aussitôt leurs frayeurs :

— Allons, vous n'avez rien à craindre. Vous voyez, votre réputation vous précède, et je dois dire que Phlan est une ville plus sûre depuis que vous êtes là. C'est grâce à vous que j'ai pu enfin avoir raison du Seigneur des Ruines. Il m'a tenu captif ici durant des années grâce à un sort de Possession qui, je l'espère, a disparu avec lui. Mais sa carcasse puante est toujours là. Je vous serais reconnaissant de m'en débarrasser.

Ren fit signe à ses amis de le suivre. Il descendit les marches. Shal « rangea » Céruléen dans le Tissu des Nombreuses Poches avant de leur emboîter le pas.

La majestueuse grandeur du dragon effraya les aventuriers. La magicienne n'avait jamais vu de près de telles bêtes ; à la vue de l'animal, une terreur irraisonnée s'infiltra en elle. Cette éprouvante, comprit-elle, n'était pas due à la présence du monstre, mais à un vieux souvenir, qui remontait lentement à son esprit...

...Prends garde au dragon de bronze...

Elle fouilla dans ses souvenirs pour retrouver l'origine de cet avertissement ; d'un coup, la mémoire lui revint.

Ranthor ! Au moment où il luttait avec Denlor contre les hordes de monstres et d'humanoïdes qui grouillaient dans la tour, il avait mis Shal en garde contre le dragon de bronze !

Au même instant, Tarl s'aperçut que le Marteau de Tyr irradiait de nouveau dans sa main. Il sentait, plus qu'il ne voyait, les pulsations de l'énergie surnaturelle. Il vit le dragon ciller :

— Cet objet que tu transportes..., commença la bête d'un air innocent. Il blesse mes yeux. Pourrais-tu le voiler, s'il te plaît ?

Tarl leva l'arme sacrée :

— La lumière du Marteau de Tyr devrait être un baume pour toi, comme pour toute créature bienveillante des Royaumes.

— Où est le cadavre dont tu veux être débarrassé ? demanda Ren avant que le dragon puisse répondre.

— Ah oui, le cadavre, dit la bête en détournant le regard. Il est là, derrière moi. Le Seigneur des Ruines est mort avec plusieurs de ses hommes. Deux seulement se sont échappés. J'ai finalement pu...

Le dragon s'écarta. Derrière lui, des corps calcinés étaient empilés comme des sacs de grain.

— La Garde Noire ! s'exclama Ren.

Malgré les dégâts causés par le feu sorti de la gueule du monstre, les cottes de mailles avaient résisté ; celles que le ranger apercevait portaient l'insigne de la Guilde des Mercenaires, au service de Cadorna.

— Ce sont les hommes de la Garde Noire, pas...

— Et ce dragon est le Seigneur des Ruines, chuchota Shal, en reculant lentement.

Ren secoua la tête.

— Essaie de prendre une des pierres *ioun*, lui murmura-t-elle. Un dragon bienveillant n'y verrait pas d'inconvénient.

Le ranger acquiesça, puis se tourna vers la bête :

— Lequel de ces cadavres est celui du Seigneur des Ruines ? demanda-t-il.

Il se dirigea vers la courbe du croissant, à l'opposé du dragon, comme s'il voulait examiner les corps sous cet angle.

— Il est sous le tas de cadavres. Il fut le premier à mourir.

Alors Ren sut que le dragon mentait. Les mercenaires de la Garde Noire seraient allés sans sourciller à la mort, s'ils avaient eu le moindre espoir de conquérir un trésor. Mais à la minute où mourait leur employeur, ils n'avaient plus de raison de risquer leurs vies en continuant la lutte. Le géant remarqua aussi, en approchant, qu'on avait égorgé ces hommes, et que leur sang coulait jusqu'à la Fontaine. A la pointe du croissant, il vit l'hexagone, réplique exacte de celui de la maquette des gnolls.

Des pierres *ioun* étaient enchâssées dans quatre des six coins. Les deux derniers n'attendaient plus que leur précieux contenu.

— Quelle remarquable collection de pierres *ioun* tu as là, dit Ren, tendant la main vers l'hexagone.

D'un mouvement extraordinaire de célérité pour une bête aussi colossale, le dragon fit volte-face.

Ren tira une dague de sa botte.

— Je crois avoir en ma possession une pierre semblable, dit-il, ironique.

La convoitise distordit les traits du dragon qui avait su garder jusqu'ici un front serein :

— Oui... C'est ce que j'ai entendu dire.

Le changement de ton et d'attitude fut brutal. Tyranthraxus avait perdu toute sa subtilité. Il tira la langue en direction de l'humain et lança :

— Donne-la-moi... ou meurs !

Il projeta son immense cou vers la Fontaine et

Ren, la gueule grande ouverte. Le jeune homme lança sa dague. Puis il plongea.

Une boule de feu percuta le mur, à l'endroit où le ranger se tenait une demi-seconde plus tôt. Le monstre hurla de douleur et de rage, la dague fichée dans l'œil. Ren se rétablit et courut de l'autre côté de la Fontaine. C'était le seul endroit où la queue gigantesque ne pourrait pas l'atteindre et le broyer.

La bête se tourna de nouveau, comme si elle ne pesait pas plus qu'une plume. Le géant blond s'arrangea pour rester le plus près possible de l'animal. Il entreprit de plonger ses lames dans la masse colossale, entre les rangées d'écailles, pour atteindre la chair vulnérable.

Le ranger parvint au tour de force d'empêcher le monstre d'utiliser son souffle mortel.

Shal ne s'attendait pas à une réaction aussi violente et rapide de la part du dragon de bronze ; elle était terrifiée pour Ren, qui zigzaguait désespérément, à peine hors de portée de son terrible adversaire. Shal n'avait jamais eu affaire à un dragon ; elle entonna précipitamment un sortilège inédit à ce jour.

Un cône gris-bleu d'un froid glacial jaillit de sa paume tendue pour frapper le flanc exposé de la bête. Dans le rayon du cercle magique, les écailles virèrent instantanément au blanc, puis se rétractèrent et se racornirent sous l'effet du froid. Hurlant de rage, Tyranthraxus se tourna vers son nouvel adversaire.

Tarl s'interposa entre Shal et la bête, le Marteau de Tyr brandi. Le feu que cracha le dragon frappa le symbole sacré ; il fut dévié vers la Fontaine et ricocha durant plusieurs secondes. Beuglant de frustration, à mesure que la lumière divine augmentait d'intensité, le dragon se retrouvait pris en tenaille entre le Marteau et la Fontaine. Tarl eut tout le mal du monde à tenir d'une main pourtant d'acier le Marteau de Tyr, que les forces invoquées tentaient de lui arracher.

Tyranthraxus cracha le feu sur l'escalier. Les flammes bondirent, embrasant la seule issue possible. Dressé de toute sa fantastique hauteur, le dragon chargea Tarl et Shal, obligeant Ren à réussir de nouvelles prouesses pour ne pas être percuté par la queue et écrasé.

Le Marteau était une faible protection contre un monstre dont la masse, à elle seule, suffisait à tuer. La créature fondit sur les humains. Tarl lança le Marteau, tandis que Shal invoquait à la hâte une tempête de neige. Le dragon était presque sur eux quand l'arme sacrée lui percuta l'abdomen.

De l'énergie bleue crépita sous le choc ; la bête poussa un hurlement de douleur. L'instant suivant, des plaques de glace couvraient sa poitrine, son cou, ses avants-pattes. Affolé, il patina sur le givre surnaturel, ses mouvements ralentis par le froid. Il se secoua comme un chien mouillé pour se débarrasser des plaques de glaces et de l'arme. En vain. L'éclat azur, plus aveuglant que jamais, du Marteau de Tyr, taraudait son unique œil valide.

Tyranthraxus lutta pour ne pas laisser l'instinct de survie du dragon rejaillir à la surface et l'emporter sur son intellect. L'intimidation était critique. Les agresseurs devaient ignorer la véritable faiblesse de son corps reptilien. L'immense bête se dressa de toute sa taille avant de fondre sur la cause de la plus grande douleur. Tyranthraxus perçut la terreur des deux humains.

Mais Tarl lança à nouveau le Marteau. L'objet percuta la bête à l'instant où elle jetait la tête en avant. La foudre dorée et l'auréole bleue déchirèrent l'air de la grotte à la même seconde. Le feu de Tyr assomma le dragon à l'instant où l'éclair d'or envoyait le prêtre s'écraser contre la paroi. L'odeur de chair brûlée se répandit dans l'air. Tarl glissa lentement à terre ; le Marteau tomba.

Alors quelque chose se brisa en Shal. Elle poussa un long hurlement, sans un regard pour Tarl, et pointa les doigts vers la gueule du monstre. Instantanément, des flammes entourèrent la tête du dragon. Sa mâchoire inférieure fut calcinée en un clin d'œil. Shal lança un sort particulier de Bouclier et invoqua le Bâton des Merveilles au moment où la bête s'apprêtait à cracher de nouveau le feu.

Ren n'avait jamais cessé de jouer de l'épée. Intrépide, il enfonçait ses lames plus profondément sous la peau écailleuse. Quand il vit Tarl catapulté contre une paroi, ses attaques redoublèrent de violence. Maniant ses armes comme des pics, Ren défonça le flanc du monstre. La queue hérissée de pointes fouetta les airs sans parvenir à l'atteindre.

Quand Shal invoqua le feu contre l'animal, le ranger parvint à se hisser sur son cou, où la queue ne représentait plus aucun danger. Juché sur l'immense bête, il lui plongea ses épées courtes entre les omoplates.

Le dragon hurla de rage et de souffrance. Il cracha le feu, mais le Marteau continuait de le dévier. Cruellement touché, Tyranthraxus se secoua pour tenter de déséquilibrer l'humain, qui lui fouaillait la chair de ses lames.

Folle de douleur, la créature baissa le cou pour boire à la Fontaine, et aspergea la magicienne d'un acide jaunâtre.

— Protection contre le poison ! s'écria celle-ci, en levant le Bâton des Merveilles.

Des milliers de gouttelettes mortelles restèrent une fraction de seconde suspendues dans les airs, avant que n'explose dans la caverne le vol multicolore d'une myriade de papillons. En d'autres circonstances, le spectacle aurait été d'une beauté saisissante. Mais les milliers d'insectes faisaient écran entre les aventuriers et leur fantastique adversaire.

Ren continua de lutter, ses lames pénétrant la chair gluante comme une motte de beurre. Il frappait aussi vite et fort que possible, remontant le long du cou dans l'espoir d'atteindre la jugulaire.

Shal abaissa son Bouclier et lança le sort des Mains de Feu en visant l'abdomen du dragon. Des flammes jaillirent de ses doigts ; pris dans la fournaise, des milliers d'insectes moururent. La bête poussa un cri inhumain ; Ren atteignit une artère. Tyranthraxus se dressa, puis se plia en deux, catapultant le ranger à terre. Celui-ci se releva. Rassemblant ses dernières forces, le dragon projeta Ren contre la paroi la plus proche.

Shal *sentit* les os du grand corps se briser sous l'impact ; à travers les nuées d'insectes, elle vit que son ami ne bougeait plus. Quand il se tourna vers elle, elle tendit les mains vers le dragon et lança une boule de feu. Née de sa furie, celle-ci était gigantesque, d'un blanc incandescent. Elle heurta la tête et le cou de la bête, qui s'embrasèrent.

D'instinct ou par chance, le dragon à l'agonie parvint à balayer la magicienne de la pointe de la queue. Elle alla s'écraser à son tour contre une paroi...

Plongée dans le noir, le souffle court, Shal comprit qu'elle devait achever le monstre avant qu'il l'exécute. Mais la douleur et la terreur la paralysèrent. Elle attendit la mort. A sa surprise, Tyranthraxus ne profita pas de son impuissance. Il s'immergea tout entier dans la Fontaine. Le cœur bondissant dans la poitrine, la magicienne déduisit que le dragon battait en retraite. Agonisait-il ?

Le répit fut de courte durée.

La tête reptilienne réapparut, mâchoire inférieure régénérée. Le dragon n'avait plus d'écailles gelées, ni de plaies sanguinolentes au cou. Régénéré, il fondait sur elle.

La jeune femme poussa un hurlement ; mais aucun son ne sortit de sa gorge. Elle ne pouvait plus lancer de sortilèges. Elle ne pouvait plus parler.

Mais elle entendit le cri mental de Céruléen :

— *L'anneau ! Souhaite sa mort !*

Shal ferma les yeux, et souhaita du fond du cœur que la créature infernale meure.

Le dragon s'effondra. Sa santé était parfaite, pourtant son cœur s'arrêta brutalement de battre. Il tomba en une fraction de seconde - le temps qu'il avait fallu à Shal pour *souhaiter* sa fin.

*
* *

Quand ils virent tomber le dragon, Gensor et Cadorna sortirent de leur cachette. Ils ignoraient ce qui l'avait tué, et n'en avaient cure. Cadorna régnerait bientôt sur Phlan. Gensor pratiquerait la magie à sa guise.

— Assure-toi que les trois idiots sont bien morts, lui demanda Cadorna.

Il alla toucher l'immense bête, en signe de respect pour le pouvoir qu'elle lui transmettait.

Avant que ses doigts n'atteignent la carcasse froide, Cadorna hurla. Ce cri, Tyranthraxus l'avait entendu à travers les millénaires, chaque fois qu'il prenait possession d'un nouvel hôte.

Le hurlement d'un possédé.

A ses oreilles, c'était la plus douce des musiques. Il la savoura un instant, tandis qu'il écrasait les pensées de l'esprit faible et malléable de l'humain. Il les remplaça par les siennes, infiniment plus subtiles et plus intéressantes, affinées par des milliers d'années d'expérience. Sa première idée fut de s'éloigner de la magicienne qui venait de détruire son précédent hôte. Si elle était capable de tuer un dragon, un homme ne lui résisterait pas !

Tyranthraxus n'était pas ravi de changer si vite de « résidence ». Il connaissait à présent le secret de la Fontaine de Lumière et des pierres *ioun*.

Sans un signe à Gensor, qui ne signifiait rien pour Tyranthraxus, Cadorna le possédé plongea dans les eaux dorées de la Fontaine de Lumière, comptant sur son énergie magique pour se téléporter loin de là.

— Non ! hurla Gensor.

Le conseiller et lui avaient été témoins de la puissance du Marteau. Ils avaient vu le dragon gravement blessé refaire surface, régénéré en quelques instants. Le thaumaturge n'avait aucune intention de laisser son complice s'approprier ces extraordinaires propriétés...

Relevant son capuchon, il plongea à la suite du premier conseiller. Mais là où quelques secondes plus tôt avait bouillonné un fluide d'or ne subsistait plus que... de l'eau. De l'eau glacée. Tyranthraxus avait absorbé l'énergie surnaturelle de la Fontaine de Lumière.

Gensor ne savait rien de Tyranthraxus. Il n'avait pas la plus petite idée de ce qui était arrivé à Cadorna. Mais il devinait ce qui se tapissait au fond de la Fontaine. Le sorcier lança un sort pour se rendre invisible.

Il remonta ensuite à la surface.

Il regarda la magicienne reprendre lentement ses esprits.

*
* *

Shal se tourna vers le corps martyrisé du prêtre. Les joues ruisselantes de larmes, elle répandit le contenu de deux flacons sur les brûlures, qui disparurent. Mais Tarl restait inerte. Elle saisit le Marteau de Tyr, le leva, et hurla :

— As-tu sauvé Ton serviteur au cimetière de Valhingen pour qu'il meure ici ? Lui as-Tu dit de me suivre dans la gueule du loup, pour qu'il soit massacré par mon ennemi ? (Elle pointa l'objet sacré sur Tarl :) Guéris-le, je T'en conjure ! Je T'en prie, guéris-le !

Ses bras retombèrent ; anéantie, elle pleura à chaudes larmes, la tête entre les mains. Le Marteau s'illumina. Shal sentit une présence, et releva la tête. L'arme divine brillait d'une lueur turquoise qui baignait le jeune prêtre sans vie.

La première vision de Tarl, quand il rouvrit les yeux, fut Shal en larmes. Le dragon gisait derrière elle, mort. Le Marteau de Tyr ruisselait de lumière. La magicienne avait remporté la victoire !

Il se redressa et l'étreignit de toutes son âme. Il refoula ses larmes ; une chaleur bienfaisante coulait dans ses veines. Chez la jeune femme, l'épuisement qui avait suivi l'affrontement commença à se dissiper ; Tarl et elle communièrent en une mystique fusion du corps et de l'esprit. Quand le jeune homme rouvrit les yeux, il aperçut Ren, sans connaissance, de l'autre côté de la Fontaine.

Il courut au côté de son ami : son corps était tordu dans un angle impossible. Une simple imposition des mains ne le sauverait pas. Le prêtre désigna l'hexagone. Shal s'élança pour attraper les pierres. Une dans chaque main, le Marteau de Tyr devant lui, Tarl entreprit de soigner le géant.

Chaque guérison était un miracle. Mais cette fois, le prêtre fut confondu par la vision ahurissante des os qui se ressoudaient sous ses yeux, du tissu se reformant... La chair autant que l'esprit se régénérèrent parfaitement.

Les trois amis partagèrent quelques instants de silence. Puis Tarl voulut savoir ce qui s'était passé. Ren lùi raconta ce qu'il avait vécu ; Shal compléta son récit héroïque ; elle décrivit les derniers instants du dragon, puis les plongeons insensés de Cadorna et de Gensor au fond de la Fontaine enchantée.

— J'ai cherché leurs corps des yeux quand j'ai pris les pierres *ioun*. L'énergie de la Fontaine a dû se retourner contre eux. Ils ont disparu ; ce n'est plus que de l'eau ordinaire.

Tarl et Ren allèrent voir par eux-mêmes. L'eau avait revêtu une belle teinte gris-bleu. La surface était limpide, sauf là où des papillons luttaient pour échapper à la noyade. Un instant, Ren crut discerner un mouvement à la périphérie de son champ de vision, mais ce n'étaient que des vols de papillons, comme portés par une brise légère.

— Eh bien, dit-il, qu'attendons-nous pour fêter la

victoire ? Le Seigneur des Ruines est mort. Grâce à toi, Shal. Tu as tué l'assassin de Ranthor et de Tempête. Cadorna n'est plus. Tarl a le Marteau de Tyr. Si nous essayions de sortir d'ici ?

— Cadorna et Gensor sont entrés par ici...

La magicienne désigna une porte, si bien fondue dans la paroi qu'il fallait regarder deux fois avant de l'apercevoir.

— Que va-t-il se passer pour nous à Phlan ? s'inquiéta Shal. Quel accueil recevrons-nous ? J'ai peur que la Garde Noire nous réserve un tour à sa façon.

— Probablement, acquiesça le ranger. Mais ce sera différent. Cadorna n'est plus là pour nous empêcher de témoigner. N'oubliez pas que nous avons les documents de Yarash pour appuyer nos dires.

— Sans compter qu'un de mes frères, ajouta Tarl, un ancien de notre temple, a été promu troisième conseiller avec l'accession de Cadorna au deuxième rang. Quand il est parvenu au premier, le prêtre est logiquement monté d'un rang.

— Cadorna disparu, il doit être le *premier* ! s'exclama Shal.

Tarl garda les quatre pierres de l'hexagone pour le temple. L'hexagone était fait d'or pur ; Tarl et Shal convinrent qu'il devrait revenir à Ren, qui ne subviendrait plus à ses besoins en volant.

Mais ils ne trouvèrent pas d'autres objets de valeur dans l'antre du dragon. En repartant, les trois amis découvrirent le cadavre d'un sorcier tué par Cadorna, le soit-disant « Seigneur des Ruines ». Shal assembla ses grimoires et les notes prises à Yarash. Une poignée de papillons les suivit à l'extérieur, puis disparut dans la clarté d'un bel après-midi.

Ren passa devant les deux ogres morts qu'ils avaient aperçus en arrivant, et s'assura que la porte ornée d'une tête de dragon était restée ouverte. Une brigade de papillons aux vives couleurs orange, jaune, verte et bleue en jaillit et suivit les autres dans la lumière estivale.

Quand ils retraversèrent les ruines de Phlan, les héros remarquèrent de toutes parts des signes de la présence de kobolds, d'orcs, de gnolls et d'autres créatures. Mais les monstres étaient désorganisés, désœuvrés, abandonnés à leur sort...

Ils ne bénéficiaient plus de l'intelligence du Seigneur des Ruines. Ceux qui reconnurent le trio se souvinrent que mieux valait éviter de se frotter à ces humains-là.

En chemin, le prêtre, la magicienne et le ranger s'amusèrent à imaginer l'expansion qu'allait connaître la ville grâce à la restauration du culte de Tyr, à la défaite du dragon et à l'assainissement du fleuve.

*
* *

Shal espérait retourner en Cormyr, dans la demeure de Ranthor. Tarl promit de l'accompagner si elle acceptait de patienter le temps qu'il s'assure de la guérison d'Anton. Elle évoqua avec ferveur la possibilité de rouvrir l'école de magie fondée par Denlor. Après tout, il lui restait à explorer l'immense bibliothèque abandonnée...

Shal et Tarl allaient main dans la main ; Ren parla avec mélancolie de Jensena. Il avait prié Soth de garder un œil sur elle, le temps qu'elle se rétablisse, puis de noter dans quelle direction elle partirait, si elle s'en allait avant son retour. L'aubergiste avait accepté ; il avait même menacé de lui faire récurer les tables pendant cent sept ans s'il ne tissait pas une idylle avec la jeune personne.

« — Cette femme a besoin de toi, surtout après ses épreuves. Tu dois comprendre... »

Ren n'avait rien objecté.

Il était presque sûr que la guerrière le laisserait faire sa cour.

*
* *

A la Fontaine de Lumière, Gensor était réapparu, aussitôt les trois aventuriers partis. Ses lèvres minces dessinèrent le plus grand sourire de son existence. Dans les profondeurs de la Fontaine, il avait découvert le trésor du dragon : des montagnes de bijoux qui pourvoiraient à ses besoins pour la vie, et même au-delà.

Il y avait assez de grimoires pour étudier pendant une éternité.

Tout cela avait été protégé de l'eau par magie.

Et qui avait besoin de Cadorna ?

ÉPILOGUE

— Tu te rends compte que ton nom ne te convient plus, n'est-ce pas ? insista Shal.

— *Pourquoi ? Parce que je n'irradie plus en bleu ? Je ne distingue pas les couleurs, alors quelle importance ?*

— Pour moi, ça en a. Je crois que Mûre conviendrait fort bien.

— *Mûre ? Mûre !*

Le cheval baissa la tête, aplatit les oreilles, et renâcla.

— C'est moins prétentieux, tu ne crois pas ?

— *Beaucoup moins prétentieux. Milbert ou Herbert iraient tout aussi bien.*

— Allons, allons... Mûre évoque une belle couleur, et c'est un prénom splendide. Si tu es sage, je ne te surnommerai pas Mully.

— *Mully ? Seigneur ! Tue-moi d'abord ! Quel moyen vil et bas de m'obliger à accepter ce nouveau nom...*

— Formidable, il te plaît !

Shal attacha *Mûre* devant l'échoppe de la couturière. Celle-ci apparut sur le seuil de sa boutique.

— Vos habits gagneraient à être recousus, ma

belle, dit-elle, l'œil critique.

Shal baissa les yeux sur ses habits de cuir. Ils étaient si confortables et si seyants qu'elle oubliait leur existence.

— Sans doute, mais je suis là pour une autre raison. Je voulais vous apporter un présent. J'y songe depuis que vous m'avez fait livrer à l'auberge une somptueuse chemise de nuit. Vous n'imaginez à quel point cela m'a redonné le moral...

La commerçante partit d'un grand éclat de rire.

— Ma brave dame, tu es plus naïve que ce que j'aurais cru ! dit-elle, passant sans vergogne au tutoiement. J'aimerais pouvoir offrir une tenue à tous mes clients. Mais je serais vite ruinée si je le faisais !

— Vous voulez dire que... ?

— C'était un cadeau du jeune homme qui t'accompagnait. Il m'a demandé autre chose pour aujourd'hui ; viens que je reprenne tes mesures séance tenante.

Shal en resta bouche bée. Elle n'aurait rien trouvé à répondre si son familier ne lui avait pas décoché un « coup de coude » mental :

— *Qu'attends-tu, Maîtresse ?*

— Tarl ? C'est Tarl qui m'a offert cette chemise de nuit ? Jamais je...

— Tu ne t'en serais jamais doutée ? Allons, jeune dame, à d'autres ! Viens et essaie vite cette robe de mariée avant que le prix de la dentelle augmente. Il faudra de sacrées longueurs pour ta fière carcasse.

Shal sourit :

— Prends autant de longueurs que tu voudras ! Je ne vais pas rétrécir !

Achevé d'imprimer sur les presses de

BUSSIÈRE

GROUPE CPI

à Saint-Amand-Montrond (Cher)
en février 2001

FLEUVE NOIR
12, avenue d'Italie
75627 Paris Cedex 13
Tél. : 01-44-16-05-00

— N° d'imp. 20010028. —
Dépôt légal : février 2001

Imprimé en France